초록빛 모자를 쓴 여자

초록빛 모자를 쓴 여자

ⓒ 모래 2026

초판 1쇄   2026년 4월 10일

지은이   모래

출판책임	박성규	펴낸이	이정원
편집주간	선우미정	펴낸곳	도서출판 들녘
기획이사	이지윤	등록일자	1987년 12월 12일
편집진행	이수연	등록번호	10-156
편집	김혜민	주소	경기도 파주시 회동길 198
디자인	조예진	전화	031-955-7374 (대표)
마케팅	이동하		031-955-7384 (편집)
경영지원	나수정	팩스	031-955-7393
제작관리	구법모	이메일	dulnyouk@dulnyouk.co.kr
물류관리	엄철용		

ISBN   979-11-7610-023-6 (04810)

979-11-5925-708-7 (세트)

초록빛 모자를 쓴 여자

goble   모래

할머니에게

목차

나를 달로 날아가게 해줘

내가 별들 사이에서 춤추게 해줘

목성과 화성의 봄이 어떤지 내게 보여줘

그러니까, 내 손을 잡아달라는 말이야

−〈Fly Me to the Moon〉(Bart Howard, 1954)에서

옛날에 쓰일 뻔했는데 쓰이지 않은 소설이 있었던 거 기억나?

– 인류가 멸망하면 식물이 세상을 뒤덮는다. 시멘트 아래 깔린 풀이 자라나서 뿌리가 점점 자라면 시멘트 바닥은 모두 깨진다. 수도관과 가스관에도 식물이 뿌리를 내려서 수도관과 가스관은 막히게 된다. 수도관과 가스관은 결국 다 터지고 그러면 건물도 폭발해버린다.

– 우주에서 괴수 나무 바이러스가 오기 때문이야. 그 바이러스에 잠식돼서 나무들이 다 괴수가 되는 거야. 괴수 나무들이 철도를 바닥에서 뜯어내서 입

에 넣고 우적우적 씹어버려. 꼭 김밥을 먹는 것처럼. 그러면 기차를 타고 가던 사람들은 굴러떨어지겠지. 하늘에서 눈이 내리듯이. 사람들은 괴수 나무를 피해서 도망가려고 발버둥을 쳐. 산속으로 들어가서 동굴에 숨고 섬으로 가고 땅굴을 파고 벙커에 숨고 라면을 쟁이고 무기를 쟁이고 그렇게 몸부림을 치겠지. 하지만 다 소용없는 거야.

–그럼, 다 죽나? 한 명도 안 빼고?

–그럼. 다 죽지.

– 그다음엔 어떻게 되는데? 사람들이 다 죽고 나면?

– 그냥 죽으면 죽는 거지. 왜 뭐가 꼭 더 있어야 돼?

너는 잠시 생각하다가 말했어.

– 다 죽는 건 아닐 거야. 동물들과 착한 사람들 몇 명은 살아남아. 왜냐하면, 우주에서 온 괴수 나무 바이러스는 착한 바이러스거든.

– 아니야. 아무도 살아남지 않아. 모두 다 죽을 거야. 아무것도 남지 않는 거야.

너는 아무 말도 더하지 않았어. 그래서 결국 그 이야기는 쓰이지 못했던 거야.

【초록빛 모자를 쓴 여자】
1화
나를 달로 날아가게 해줘

바이라마 출몰에 따른 전 국민 협조 요청

— 대한민국 정부군 산하 국토안전부 —

10년 만에 바이라마 다시 출몰.

바이라마가 중부 지역으로 이동 중.

※ 바이라마 바이러스에 감염된 동물과 사람은

바로 사살해야 함!

※ 사체는 바로 불에 태워야 함!

※ 타액이 피부에 묻을 시 생명 위험!

※ 감염되었다면 빨리 자수 바람(절대 안전 보장)!

※ 바이라마를 숨기거나 도주에 협조한 사람은

바이라마와 같은 처벌을 받음!

※ 옆집에 온 손님, 의심나면 다시 보고

수상하면 신고하자!

현상금: **6,000**원(즉시 지급)

[바이라마 단체를 신고할 시 현상금 **20,000**원(즉시 지급)]

유나는 술집 계산대에 앉아 공문을 여러 번 읽었다. 눈이 휘둥그레지는 액수였다. 지금껏 쥐어짜듯 아껴서 저축한 돈이 고작 87원이다. 육천 원은 이 마을을 벗어나 어디로든 갈 수 있는 돈이었다. 하지만 다음 순간 유나는 한숨을 쉬었다. 바이라마를 어디에서 찾겠다고? 바이라마가 이 술집으로 걸어 들어오기라도 한단 말인가? 유나는 혼자서 옆 마을에 가본 적도 없었다. 마을을 벗어나려면 밴을 타는 수밖에 없었고, 밴이 오는 날이면 형식이 유나를 감시했다. 형식은 유나가 현상금을 받으면 쥐고기 털어먹듯이 간단히 가로채 갈 거다.

유나는 공문을 접어서 호주머니에 쑤셔 넣었다. 일단은 공문을 숨겨놓겠다. 세상에는 혹시 모를 일이라는 게 있는 법이니까. 언젠가는 이곳을 반드시 탈출할 것이다. 술집 구석에 앉아 있는 저 얼간이들을 보라. 이장이 끔찍하게 아끼는 그의 아들 경도가 너저분한 농담을 하며 유나를 흘끔거렸다. 경도가 유나와 한번 제대로 놀아주겠다고 패거리들과 내기를 한 건 모두가 아는 사실이었다. 형식은 홀 모서리에 엽총을 끼고 앉아서 입을 벌린 채 졸고 있었다. 구석에서 엽총을 끼고 조는 것, 그것이 형식의 일이었다. "내 덕에 이렇게 편하게 먹고사는 줄 알아." 형식은 입버릇처럼 말했다. 형식의 아내인 미라는 요리와 설거지를 했고, 유나는 술과 안주를 나르고 청소했다.

형식은 졸다가 잠에서 깨어 유나와 눈이 마주치자 알아들을 수 없는 욕설을 내뱉고 다시 눈을 감았다. 형식은 수시로 유나를 만지려 들었는데, 유나는 그때마다 소리를 지르며 형식을 물고 발로 찼다. 그 대가로 팔이 부러진 적도 있었다. 유나가 나이가 들자, 그 빈도가 점점 줄어들기는 했다. 유나는 맞는 건 더 이상 두렵지 않았다. 다만 평생 이렇게 살다가 죽는 건 사양하겠다. 바이라마도 이 인간들만큼 끔찍하지는 않을 것이다.

밴에서 내린 남자들이 몰려올 때가 되었다. 유나는 라디오를 틀었다. 라디오에서 찢어질 듯 가느다란 목소리가 노래했다. *나를 달로 날아가게 해줘—* 초록빛 모자를 눌러쓴 낯선 여자가 문을 열고 들어섰다. 여자는 아주 여위었고 키가 컸다. 제 옷 같지 않은 크고 더러운 옷을 입고 그 위에 침대 시트 같은 흰 천을 감고 있었다. 옷과 흰 천에는 검붉은 피얼룩이 엉겨 있었다. 여자가 모자를 벗자, 잔뜩 엉킨 검은색 억센 머리카락이 보였다.

사막을 건너온 여자 떠돌이였다. 방사능투성이 사막을 떠도는 사람들은 쫓겨난 이들과 도망자, 범죄자 들뿐이었다. 여자 떠돌이들은 보통 노파였는데 이 여자는 젊어 보였다.

"육 원. 선불이유."

미라가 여자를 의심스럽게 훑어보며 말했다. 형식과 미라는 이방인들에게는 꼭 돈을 두 배로 불려서 받았고, 돈 받는 일만은 유나에게 맡기는 법이 없

18

었다. 유나는 곧 쫓겨날 여자가 가여웠다. 여자 떠돌이들은 돈을 가지고 있는 법이 없었다.

하지만 여자는 육 원을 선선히 내밀었다.

"고맙수다. 밴을 타고 온 다른 사람들은 어디 있수?"

미라의 목소리가 누그러졌다.

"혼자서 걸어왔지요."

"흥."

미라는 못 믿겠다는 표정으로 술을 한 잔 내밀었다. 사막을 건너온 이들은 다들 목이 말랐다. 여자는 웃으며 술을 마셨고 고개를 돌려 유나를 돌아보았다. 유리알 같은 갈색 눈을 보고 있자니 유나는 속이 울렁거렸다. 어디선가 본 눈 같았다. 여자는 유나를 향해 미소 짓고는 곧 이 층으로 올라갔다. 여자의 멀어지는 뒷모습을 보면서, 유나는 여자를 따라가 그 눈을 다시 들여다보고 싶다는 충동을 느꼈다. 이상한 기분이었다.

밴에서 내린 남자들이 몰려들어 좁은 홀을 가득

채웠다. 사막에 점점이 흩어져 자리 잡은 오아시스 마을에서 밴은 마을과 외부를 잇는 유일한 통로다. 이곳 새모이마을의 밥벌이도 밴에 달려 있었다. 마을 사람들이 쥐가죽으로 공예품을 만들면, 밴은 공예품을 실어 나갔다가 돈과 곡식, 총알로 맞바꿔 싣고 돌아왔다. 지난번 밴에 쥐가죽 코트 따위를 실어 보내 돈을 번 마을 남자들이 돈을 쓰러 술집으로 몰려왔다. 돈이 없는 남자들은 공짜 술을 기대하며 테이블 사이를 서성거렸다.

밴을 타고 온 사람들은 라디오에서는 말해주지 않는 진짜 세상 돌아가는 이야기라며 바깥세상의 소문을 전했다. 한 병만 먹어주면 몸에 쌓인 방사능이 싹 제거된다는 그 신비의 물약은 값이 또 올랐다. 인천 기독형제단이 수원 사회주의 인민전선을 드디어 끝장냈다. 수원 사회주의 인민전선 때문에 골머리를 썩었던 대한 정부군은 내심 좋아서 어쩔 줄을 모르고 있다. 울산 공화애국자협회는 울화통을 터트리는 중이다. 시절이 수상하니, 줄을 잘 서야 한다. 죽고 사는 게 하룻밤 꿈 같다.

그럼 수원 사회주의 인민전선의 여자들은? 아, 여자들! 늙은 것, 젊은 것 가리지 않고 총을 쏘아대던 그 미친 것들? 당연히 뿔뿔이 흩어져 팔려 갔겠지. 임신 가능한 여자들은 비싼 값을 받았을 것이고, 아닌 여자들은 헐값으로 공창이 됐겠지. 모르면서 떠드는군. 뭐? 몰라? 이 영감이! 이봐, 싸우려면 나가서 붙어. 하루 종일 입만 나불대다 날 저물겠네. 이 더러운 여주 새끼들이.

누군가 어두운 사막으로 나간다. 저 멀리서 총소리가 난다. 아무도 신경 쓰지 않았다. 오늘은 신나는 날, 호주머니에 따끈한 돈이 들어오는 날, 공술을 마시는 날. 내일 아침에 총알구멍이 난 시체 한 구쯤 발견된다 해도 놀랄 일은 아니다. 어떤 여자는 입술을 앙다물고 주먹을 쥐고 남편을 바꿔야 할 테고, 눈물자국이 얼굴에 엉겨 붙은 자식새끼들은 어디론가 팔려 가겠지만, 사람 사는 게 그런 거지. 밴에서 내린 이들은 침을 튀기며 소식을 전했다. 일주일 내내 한가한 술집이 밴이 오는 날에만 북적였다. 형식도 밴이 오는 날에는 흥이 나 목청을 높였다.

형식은 이장과 밴 운전사와 함께 앉아 있었다. 경도의 아비인 이장은 말재주가 좋았고, 마을에서 유일하게 차를 가진 사내였다. 그는 싸움이 나면 화해시키는 척하며 양쪽에서 돈을 뜯어내곤 했다. 이장의 아내는 미친 여자였다. 바이라마한테 다 뜯어먹힐 뻔했던 걸 이장이 구해냈는데, 고마워하지도 않고 달아나서 사막을 떠돌았다. 그런 걸 이장이 몇 번이고 잡아 왔다고 소문이 자자했다. 이장의 아내는 요즘도 가끔 사막을 향해 서서 백발과 치맛자락을 나부끼곤 했다. 그 뒷모습을 보면 유나는 엄마가 생각났다. 유나의 엄마도 마을보다 사막을, 인간보다 바이라마를 좋아한 미친 여자였으니까. 이장의 아내의 눈빛은 늘 맑고 침착했는데, 유나는 그게 더 무서웠다. 그이는 자주 멍든 얼굴로 다녔다. 바닥에 항상 침을 뱉으면서 술을 마시는 이장을 유나는 증오했다. 형식은 엽총을 한쪽 팔에 끼고는 불그레해진 얼굴로 떠들었다.

"내가 정부군 대위였을 때는 말이야."

형식은 술에 취하면 정부군 시절을 자랑했지만,

사실은 바이라마를 도와준 사람을 고자질하는 프락치였을 뿐이라는 걸 알 만한 사람들은 다 알았다. 그건 꽤 짭짤한 벌이였고 어렵지도 않은 일이었다. 무고한 사람들을 고발해도 뒤탈은 없었다. 죽은 사람이 뭘 어쩌겠는가? 유나의 엄마도 그렇게 사라졌다. 형식은 유나를 데려다 팔아먹으려고 했는데, 미라가 자기 일에 유나가 꽤 쓸모 있다는 걸 발견하고는 주방 일을 거들게 했다.

바이라마는 저 먼 별에서 온 괴수 나무 바이러스였다. 바이라마는 사람들을 감염시켜서 숙주로 만들었고, 마지막에는 잡아먹었다. 그러나 위대한 지구인들은 바이라마에 저항했고 살아남았다. 대한민국 정부는 몰락했으나 대한 정부군에 의해 계승되었다.

"야, 저거한테 갖다줘."

미라가 형식을 가리키며 유나를 불렀다. 미라는 항상 불만스럽고 화가 나 있었다. 유나가 접시를 받아 들자, 고소한 바퀴벌레 볶음 냄새가 코를 찔렀다. 유나는 먹고 싶은 표정을 감추려고 아랫입술을 깨물었다. 바퀴벌레 볶음은 맛은 별로 없었지만, 냄새가 고소하고 씹는 식감이 아삭아삭했다. 주방에서 쥐고기 익는 구수한 냄새가 났다. 미라는 요즘 머리와 꼬리까지 통째로 구웠다. 쥐 머리를 버리기 아까워서 함께 구운 것이었는데, 사람들은 그 안에 든 뇌나 쫄깃쫄깃한 쥐꼬리를 살코기보다 더 좋아했다. 유나는 형식과 밴 운전사, 이장이 함께 앉아 있는 자리에 바퀴벌레 볶음을 내려놓았다. 형식이 슬그머니 볶음 속 바퀴벌레의 수를 헤아려보는 밴 운전사를 못마땅한 표정으로 쏘아보며 말했다.

"그게 무슨 소리야? 수원이 텅 비어 있었다니?"

"쉿! 조용히 해, 이 양반아. 나 잡혀가라고 나발 부는 거야? 인천 기독형제단이 지난번에 워낙 된통 깨져서 체면을 왕창 구겼잖아. 이를 박박 갈면서 돌격대에 탱크까지 다 끌고 수원으로 들어갔다는구면. 거기까지는 좋았는데, 들어가 보니까 수원이 텅 비어 있더라는 거야. 집은 다 불타고 시내에는 사람은커녕 시체 한 구 없었다는구면. 그래서 죽일 놈도 없고 깨부술 것도 없고 해서 완전히 빈손으로 돌아온 게지. 그래놓고서는 자기들이 다 밟았다고 하고 다닌다 이 말씀이야."

밴 운전사는 황홀한 얼굴로 술을 한 모금씩 아껴 마시며 말했다.

"정부군이 미리 손을 쓴 거 아냐?"

"그랬으면 수원에 있던 총이며 여자들이 시장에 나왔겠지. 그런데 시장에 나온 게 아무것도 없어."

"뭐, 정부군이 다 쟁여놨을 수도 있지. 안 그래? 무슨 말이 하고 싶은 건데?"

형식이 못마땅하게 물었다. 밴 운전사는 형식의 말에 주위를 다시 돌아보고 나지막하게 말했다.

"바이라마가 다시 나왔다는 소문이 있어."

밴 운전사가 끔찍하다는 듯이 몸서리를 쳤다. 이장은 얼굴을 굳히고, 들고 있던 총을 고쳐 잡았다. 형식은 얼굴을 잠시 일그러트렸지만, 곧 어깨를 으쓱하며 큰소리를 쳤다.

"그따위 나무 괴물, 이 마을에 얼씬거리기만 해봐. 내가 요절을 내주지."

"그딴 구식 총으로 뭘 하겠다는 거야?"

이장이 허풍 떠는 형식을 비웃었다.

"이봐, 십 년 전에 이 총으로 바이라마를 얼마나 많이 쏴 죽였는지 알아? 이건 바이라마를 상대할 용도로 개조한 놈이라고. 바이라마는 원래 불이랑 총에 약해. 나약한 놈들이나 당하는 거야. 그래봤자, 나무라니까."

밴 운전사는 유나가 엿듣는 걸 눈치채고는 유나의 손목을 붙잡았다. 유나가 운전사의 손을 뿌리치자, 형식이 험상궂게 눈짓했다.

"고유나, 너 또 거기 앉아서 게으름 피우냐?"

미라가 부엌에서 소리 지르며 유나를 불렀다. 유나는 서둘러 부엌으로 돌아갔다. 미라는 유나에게 술병 얹은 쟁반을 안겼다.

"저 여자한테 갖다줘. 저 여자를 어디선가 본 거 같은데."

미라가 목소리를 낮추고 가리킨 곳에는 초록빛 모자를 쓴 떠돌이 여자가 혼자 앉아 있었다. 여자는 창가에 앉아서 사막을 바라보고 있었다.

밤이 깊어지자 술에 취해 떠들던 남자들이 지쳐 졸기 시작했고, 유나도 홀 구석에서 팔꿈치를 괴고 졸았다. 유나는 떠돌이가 되어 사막을 헤매는 꿈을 꾸었다. 사막은 흰옷을 뒤집어쓴 무수한 여자 떠돌이들로 가득했다. 유나의 엄마도, 이장의 아내도, 초록빛 모자를 쓴 여자도 그들 사이에 있었다. 그들은 모두 바이라마였다. 바이라마들이 사막을 유령처럼 부유했다.

마지막까지 혼자 남아 유나를 향해 큰소리를 치던 군벌 병사 놈이 비틀거리면서 떠났다. 테이블마다 빈 술병과 먹다 남은 뼈다귀와 쥐꼬리 심줄 따위가 흩어져 있었다. 내일 아침이 되면 또 안 치워놓았다고 미라와 형식이 잔소리를 하겠지만, 그러라지. 지금은 꼼짝할 힘도 없다. 유나는 하품을 하며 이 층의 제 방으로 올라가 침대에 누웠다. 창문을 열자, 사막의 하늘에는 별이 가득했다. 유나는 별을 보며 눈을 감았다. 너무 피곤해서 잠이 안 왔다. 사막의 밤은 고요히 유유자적하게 흘렀다.

유나가 막 잠이 들었을 때쯤, 그 고요를 뚫고 일

층 홀 문이 삐걱대며 열리는 소리가 났다. 유나는 급히 몸을 일으켰다. 내가 문을 안 잠갔나? 홀로 들어온 발소리가 이리저리 헤매는가 싶더니, 잠시 뒤에는 이 층으로 이어지는 계단이 삐걱댔다. 누가 왔다. 유나는 마지막에 나갔던 군벌 병사가 끈질기게 추근거리던 게 생각났다. 서울에서 큰돈을 벌었다고 으쓱거리던 놈은 나중에 유나를 손가락질하며 형식과 한참 수군거렸다.

형식이 새끼가 나를 팔았어.

유나는 이를 갈며 침대 밑에서 칼을 꺼내 들었다. 유나의 얼굴이 일렁거리며 비치자, 시퍼런 칼날이 쩡 울리는 것 같았다. 유나는 아랫입술을 깨물고, 칼날에 비친 자신의 얼굴을 내려봤다. 유나는 칼을 들고 방의 벽에 붙어 서서 복도에서 들려오는 소리에 귀를 기울였다. 그런데 발걸음 소리가 유나의 방 쪽이 아니라, 반대쪽으로 향했다. 복도 저쪽에서 문이 느리게 삐걱대는 소리가 났고, 이어서 뭔가 무거운 것이 바닥에 끌리는 소리가 나더니 다시 조용해졌다. 더는 아무 소리도 들리지 않았다.

도대체 무슨 일이야?

유나는 밖에서 일어난 일이 못 견디게 궁금했다. 망설인 끝에 칼을 허리에 차고 방 밖으로 나섰다. 불이 꺼진 복도에는 아무것도 없었다. 그저 복도 저편 낮에 도착한 여자 떠돌이의 방문이 조금 열려 있을 뿐이었다. 열린 문틈으로 불빛이 새어 나왔다.

유나는 몸을 낮추고 그 방을 향해 소리 내지 않고 느리게 걸어갔다. 여자 떠돌이의 방은 조용했다. 유나가 건드리자, 문은 천천히 열렸다. 방 한복판에 알몸으로 서 있는 여자 떠돌이의 뒷모습이 눈에 들어왔다. 온몸에 초록색 핏줄 같은 것이 소용돌이치며 돌고 있었다. 군벌 병사는 알몸으로 그 앞에 무릎을 꿇고 있었다. 그의 눈은 초점을 잃고 허공을 향하고 있었다.

여자가 만면에 미소를 짓고 유나를 돌아보았다. 여자는 점점 더 활짝 웃었다. 유나는 놀라서 칼을 떨어트리고 뒤로 주저앉았다. 여자는 웃는 게 아니었다. 입이 점점 커져서 얼굴을 절반으로 갈랐다.

여자의 입은 입이 아니라 얼굴이라고 믿었던 곳

에 열린 구멍, 텅 빈 무(無)로 향하는 통로였다. 여자가 소리 없이 다가와 유나의 손목을 잡았다. 여자의 손가락은 불처럼 뜨겁고 얼어붙을 듯이 차가웠다. 유나는 앞이 보이지 않았고 몸을 움직일 수도 없었다. 온몸의 피부가 스멀거렸고 사지가 제멋대로 뒤틀렸다. 순간 뭔가가 유나의 속에서 빛을 일으키며 폭발했다. 식물의 덤불 같은 딱딱한 것이 유나의 등으로 뻗어 내려왔다. 그 딱딱한 것이 마치 살아 있는 듯 유나의 몸 위로 자랐다. 유나가 뿌리치려고 할수록 덤불은 점점 더 무성해졌고 유나의 몸을 완전히 에워쌌다. 덤불은 거대한 짐승의 심장처럼 박동했고 그 리듬이 유나의 몸을 타고 흘렀다. 익숙한 리듬이었다. 유나는 더는 덤불이 두렵지 않았다. 어린 시절 엄마가 포대기로 단단하게 감아서 안아주던 때처럼 편안했다. 어쩌면, 개를 꼭 끌어안았을 때 같기도 했다.

저 멀리 엄마의 뒷모습이 보였다. 엄마, 엄마! 개도 보인다. 개, 개! 한 걸음 너머에, 포근하고 다정한 세계가 느껴진다. 거의 냄새를 맡을 수 있을 지경이

다. 발가락 끝이 황홀감에 지글거리며 녹아내린다. 엄마도 개도 빛 속에서 녹아내린다. 안 돼, 가지 마! 유나는 발버둥 쳤다. 또 가버리면 안 돼. 그러나 둘은 희미해진다.

둘은 죽었다는 걸 유나는 결국 기억해낸다. 더 이상 황홀한 것 따위는 없다. 그냥 죽고 사는 게 있을 뿐이다. 나는 죽어가나? 이대로 바이라마한테 걸려서? 새모이마을에서만 종종거리며 살다가, 형식이와 경도한테 복수도 못 하고 죽나? 그런 건 싫어. 손가락 끝에 다시 칼 손잡이의 단단한 감촉이 느껴졌다. 유나는 힘을 끌어모아, 칼을 붙잡았다.

앞이 안 보였지만 떠돌이 여자가 있는 방향으로 칼을 휘둘렀다. 칼끝에 무언가 묵직한 게 걸렸다. 부서지고 찢어지는 소리가 났고 빛이 작열하며 세상을 메웠다. 유나는 정신을 잃었다.

눈을 떴을 때, 유나는 온몸이 긁힌 상처투성이가 된 채 침대 시트에 둘둘 말려 누워 있었다. 떠돌이 여자가 유나를 내려다보았다. 여자는 다시 인간의 얼굴을 하고 있었지만, 감정 없는 눈동자에는 번뜩이는 것이 소용돌이치고 있었다. 유나와 여자의 눈동자가 마주 본 거울처럼 서로의 얼굴을 비추었다.

"자매, 나야. 셋째야."

셋째가 말했다.

"내가 돌아왔어."

식물형 괴물, 동물형 괴물, 심해에서 온 괴물, 우주에서 온 괴물, 다른 차원에서 온 괴물 모두 다 잇쎄리 대환영!

인산의 장사 잘 안되는 옷 가게에서 손님을 구함.

나는 SNS에서 〈초록빛 모자를 쓴 여자〉 1화를 읽었어. 가게에서 컵라면을 끓여 먹으면서 핸드폰을 붙잡고 있었지. 작은 옷 가게를 연 지 두 달쯤 됐을 때였어. 가게 안쪽 구석진 자리에 숨어 앉아 라면을 먹으며, 냄새 걱정도 좀 하고 있었어.

어? 그런데 나 그 소설 보고 컵라면 엎지를 뻔했지 뭐야. 순간 너를 드디어 찾아냈다고 생각했으니까. 그래, 어떻게 숨을 수 있겠어? 이 좁아터진 인터넷 세상에서.

하지만 그 계정주를 보고는 바로 한숨을 쉬었어. 〈초록빛 모자를 쓴 여자〉 작가는 여자였으니까. 그것도 룸살롱 같은 곳에서 일하는 아가씨. 마담O라는 이름으로 자기 사는 이야기를 주로 올리는 여자였어. 마담O가 더 이상 글을 올리지 않아서, 그 계정은 몇 년 전에 멈춘 상태였어. 〈초록빛 모자를 쓴 여자〉도 몇 년 전에 올린 소설이었어. 그냥 심심해서 소설을 써봤다고, 반응 괜찮으면 등단하겠다는 마담O를 향해 이딴 걸 써놓고 꿈도 야무지다며 모두가 야유를 보냈지. 룸살롱 아가씨라… 마담O는 자기 사진을 올리지 않았고, 가게 이름도 언급하지 않았어. 나이도, 일하는 동네도 아무것도 올리지 않았지. 하지만 예쁘장하고 자그마한 여자애겠거니 싶었어. 성형수술은 엄청나게 했겠지만, 어두운 조명 아래서는 티가 안 나는 그런 얼굴을 한 여자애.

소설보다는 마담O의 사는 이야기가 인기가 많았어. 제 거시기를 빨라고 강요한 노인네가 결국 팁으로 이만 원을 줬다거나, 또 다른 진상은 옷 벗으라고 억지로 시키다가 안 벗으니까 주먹으로 얼굴을 때렸다거나, 그래서 결국 얼굴에 멍이 들어 일주일 동안 일을 쉬어야 했다거나…. 그렇게 번 돈은 따지고 보면 최저시급도 안됐다고 했지.

나는 그 이야기들이 믿기지 않았어. 정말 돈을 그 정도밖에 주지 않는 건지? 손님들이 그렇게나 자주 때리는데 왜 하다못해 포주조차 당신을 보호해주지 않는 거야? 다 거짓말이지? 나는 물어보고 싶었어. 하지만 SNS에 써놓은 글 안 믿으면 그만이지, 뭐 물어볼 것까지야. 사무실에서 일하는 중년 남자가 심심해서 써 갈겨보는 중일지도 모르고, 여드름투성이 남중생이 자위하면서 혼자 쓴 글일지도 모르는데, 거기에 대고 "진짜예요?" 물어보고 싶지는 않았어. 재미있으면 보고, 아니면 말면 되는 거니까.

마담O는 소설을 올리자 문학소녀를 찾는 남자들이 엄청나게 연락해 온다고 투덜거렸어. 문학소녀는 감성이 풍부하니 공짜로 해줄 거라고 생각한다나? 마담O는 요즘 문학소녀는 돈독이 오른 진짜 변태들이라고 했고, 그 말에 또 댓글 창은 엉망진창이었지. 이제 업소 이름 곧 올라올 거라며, 노이즈 마케팅이라는 걸 장담한다는 댓글도 있었는데, 나는 그것도 그럴싸하다고 생각했어. 그런데 한 댓글이 눈에 들어왔어.

몸 파는 것들은 다 괴물이다.

아, 괴물. 그래, 괴물. 잘 알지. 아주 잘 알지. 마음 언저리가 축축해져 오더군. 그날 마음에 남아 있던 단어는 다른 게 아니라 그거였어. 괴물.

나는 핸드폰을 쥔 손이 저릴 때까지 그 계정을 들여다보고 있었어. 그러다 가게 문 닫을 시간이 됐어. 고개를 들어보니, 가게 앞에는 늘 거기 앉아서 쉬었다 가는 할머니가 또 앉아 있었어. 내가 바라보자 할머니는 나를 향해서 고개를 숙여 보였고, 나도 그렇게 했지. 가게 쇼윈도 앞에는 딱 사람이 앉기 좋게 턱이 있어서 동네 노인들이 자주 앉아서 쉬다 가. 저러니까 손님이 더 안 오는 거 같아 처음에는 짜증 났지만, 뭘 어쩌겠어. 사람이 저기 앉아 있으나 없으나 손님이 없는데. 전에 노숙자 아저씨가 앉아 있길래 가라고 한 적이 있는데, 아저씨는 굉장히 원망스러운 표정을 지으면서 갔어. 그게 영 마음이 안 좋더라고. 이젠 그냥 포기했어.

그래도 저 할머니는 어쩐지 정이 가. 저 할머니는 처음 나와 눈이 마주쳤을 때 "미안합니다" 하고 머리 숙여서 인사를 했지. 그때 나도 "괜찮습니다"라고 말했어. 그게 좋았어. 누군가한테 그런 말을 할 수 있다는 게.

할머니는 자기보다 더 늙은 개를 데리고 다녀. 요즘 사람들은 모두 개를 좋아하지. 나는 개가 싫어. 개 냄새도 싫고 짖는 것도 싫고, 무엇보다 인간을 너무 좋아한다는 점이 제일 싫어. 사람을 물끄러미 올려다보면서 꼬리를 흔드는 모습을 보면 답답해. 개는 주인한테 맞거나 차이면서도 주인이라고 꼬리를 흔든다며. 나는 그게 징그러워.

할머니가 멍한 눈길을 거리에 떨어트리고 가게 앞에 앉아 있는 동안, 개는 혼자 그 앞을 오가. 혼자 킁킁대며 냄새도 맡고. 개는 털은 남루하고 눈동자는 뿌얘서 할머니보다 더 늙어 보여. 어디에 부딪히지 않고 걸어 다니는 게 신기할 정도야. 개가 멀어지면 할머니는 애절한 목소리로 개를 부르지.

"가지 마라, 가지 마라. 이리 와, 멀리 가지 마라."

그러면 개는 느린 걸음으로 천천히 돌아와. 그 개는 요즘 사람들이 개에게 입히는 알록달록한 개 옷이 아니라, 누더기가 된 거적때기 같은 걸 걸치고 있어. 그 누더기 위에다가 노끈 같은 걸 감고 있지. 백내장에 걸려 하얀 눈을 하고 누더기를 걸친 개는 『서유기』 같은 데 나오는 눈먼 개요괴 같아.

너도 개를 참 좋아했지. 너네 엄마가 못 키우게 해서 입양할 수 없는데도, 동물보호소 SNS 같은 걸 늘 들여다보면서 개를 데려오고 싶어 했잖아. 나는 그런 거 못 보겠던데. 보고 나면, 안 잊히잖아. 그리고 생각하게 되잖아. 일주일 뒤에, 아니면 열흘 뒤에, 그 개들이 죽을 거라는 걸.

나는 일어나서 가게 뒷정리를 시작했어. 나는 여자 옷을 팔아. 엉덩이에서 딱 한 뼘 내려오는 테니스 스커트, 배꼽 위로 한 뼘 올라가는 크롭 티셔츠, 가느다란 구슬 끈만이 어깨를 가리는 뷔스티에. 천도 얼마 들지 않는 옷들. 나한테는 맞는 사이즈도 없는 옷들. 하지만 내가 사랑하는 옷들.

이 동네는 이른 저녁에도 마음 편하게 얼쩡거릴 수 있는 동네가 아니야. 아직 날도 환한데 저편에서는 벌써 술에 취한 늙은 남자와 늙은 여자가 부둥켜 안고 비틀거리며 오네. 남자의 옷차림은 남루하고, 여자는 화장이 진하고 번쩍거리는 옷을 입고 있어. 오늘도 가게에는 손님이 한 명도 없었어. 지구가 멸망한 뒤 사막 한가운데 술집을 차려도 손님이 온다는데, 정작 멀쩡한 지구의 시장에 있는 내 가게에는 손님이 없다니. 이게 말이 되냐? 옆의 고깃집에서 벌써 술 마시는 인간들 목소리가 들려왔어. 나는 질투심에 불타서 귀를 기울였지.

하지만 떠드는 인간은 같은 말을 하고 또 하며 해롱거리는 늙은 남자 하나더라. 고깃집 사장 부부는 정말 얄미운 인간들인데도, 잠시 그들이 불쌍해졌어. 이 시간에 벌써 저렇게 취해서 해롱거리다니, 안주 하나 제대로 시키겠어? 밤새 떠들어대고 있으면 다른 손님들이 들어오려다가도 나가겠지. 조금 고소하기도 하고.

하지만 진짜 큰일 난 건 나지. 하루 종일 티셔츠

한 장 못 팔았으니. 그나마 쇼핑몰에서 간간이 주문이 들어오니 망정이지, 아니면 어쩔 뻔했나 모르겠어. 나야말로 공문을 보내야 할 판이야.

손님을 구합니다.

인산, 옷 가게, 장사 잘 안됨.

식물형 괴물, 동물형 괴물, 심해에서 온 괴물,

우주에서 온 괴물, 다른 차원에서 온 괴물

모두 다 앗싸리 대환영!

테니스 스커트 입어보세요,

크롭 티셔츠도 입어보세요.

당신의 괴물성을 완성해줍니다.

사람들이 당신을 비웃으면

잡아먹어버리세요.

현금이면 즉시 할인.

문을 잠그고 하늘을 쳐다보니, 노을이 난리가 났더라. 오렌지색, 살구색, 빨간색, 분홍색, 노란색 켜

켜이 쌓이고 섞여서, 하늘이 미쳐서 춤을 추는 거야. 꼭 불타는 것처럼, 세계가 멸망할 것처럼. 나는 지금도 저런 걸 보면 네가 생각나. 쩌는 거, 끝내주는 거, 그래서 죽고 싶게 만드는 그런 거. 너 말고는 다른 사람과 저런 걸 쳐다본 적이 없으니까. 나는 가게에 앉아 가끔 너에 대해서 생각해. 네가 저 쇼윈도 너머로 지나가지 않을까? 너는 이제 거기 살지 않지만, 우리 가게는 너네 집에서 멀지 않으니까. 뭐, 나는 여전히 네가 밉고 싫고, 네가 더 이상 여기 살지 않아서 다행이라고 생각해. 이제 와 널 만나서, 그것도 이런 얼굴로 만나서 뭘 어쩌자고.

인산에 온 지 얼마 안 됐을 때 너네 엄마 지나가는 뒷모습을 봤어. 인사를 하지는 않았어. 지나고 나서 네 전화번호를 물어볼 걸 그랬다고 후회하기도 했지만, 그래도 아는 척하지 않기를 잘한 것 같아. 이런 얼굴 보이고 싶지 않아. 그래도 예전에 너네 엄마는 나에게 참 잘해주기는 했지.

"우리 완규가 여어–자 친구를 데리고 온 건 또 처

42

음이네."

　너네 엄마는 이상한 곳에서 말을 길게 늘여서 했어. 어딘가의 사투리와 고상한 척하는 말투, 약간의 콧소리가 섞인 너네 엄마 말소리는 특이했어. 담배 냄새와 치약 냄새가 자주 났고. 완규네 엄마는 담배를 피우는구나, 그리고 그걸 숨기려고 양치를 자주 하는구나, 나는 생각했었어. 유명하고 비싼 카페 사장이고, 화가고, 구청장 따위 유지들과 친하다고 했지. 카페 사장이고 화가라면서도, 너네 엄마는 내가 놀러 가면 늘 집에 있었어. 화려하고 긴 치마를 입고서, 클래식 음악을 크게 틀어놓고는 더 큰 목소리로 전화 통화를 하고는 했지. 네 방에서도 너네 엄마 통화하는 소리는 다 들렸어. 거의 부동산이나 주식, 코인 얘기였고, 가끔은 그림값이나 미술계의 암투 따위에 대해 통화하기도 했어. 너네 엄마는 전화에 대고 그 말을 자주 했어.

　"아, 그게 그렇게 되면, 내가 어-억울해서 어떡해?"

　"나 지금 너어-무 억울한 거 알지?"

억울해, 억울해. 뭐가 그렇게 억울할까? 나는 가끔 궁금했어. 너희 엄마는 학교에도 자주 왔고, 학교 선생들은 너희 엄마에게 아주 예의 발랐어. 너네 엄마는 내 생일에는 미역국을 끓여주고, 흰 손뜨개 가방도 선물해줬었어. 하지만 나는 왠지 너네 엄마가 진심이 아닐 거 같다고 느꼈어. 나를 좋아하지도 않고 딱히 고상한 사람도 아닌데, 그냥 그런 척하는 것 같다고. 하지만 또 사실 네 엄마는 필사적으로 척하는 것 같지도 않았어. "그래, 내가 가아-짜라고 하자. 그러면 네가 어어-쩔 건데?" 하는 것 같았어. 단지 너를 사랑하는 마음만 진짜 같았어. 가끔 너희 엄마가 너를 쳐다볼 때면, 그 눈빛이 너무 강렬해서 그 눈빛을 받고 있는 네가 아플 것 같다는 생각을 했지. 하지만 너는 아무것도 못 느끼는 사람처럼 등을 돌리고 서 있었어.

너는 잃어버린 물건을 찾을 수 없었어. 왜냐하면 너네 엄마는 물건 따위가 너를 괴롭게 하는 걸 못 참았으니까. 돈을 얼마든지 줄 테니, 잃어버린 물건을 찾지 말고 새로 사라고 했지. 너는 올림픽 같은 것도 볼 수 없었어. 네가 응원하는 선수가 경기에 져서 네가 실망하는 걸 너네 엄마는 참을 수 없어 했으니까.

아마 뒤져보면 어딘가에 너네 엄마가 준 손뜨개 가방이 아직 있을지도 몰라. 가짜 크리스털까지 주렁주렁 달려서 우스꽝스러웠던 그 가방을 나는 한 번도 멘 적이 없어. 나는 너네 엄마가 싫으니까.

집에 들어가니, 아빠가 자기 방에서 혼자 야구를 보면서 술주정하고 있었어. 엄마는 아무것도 들리지 않는 것처럼 빨래를 개고 있었고. 갑자기 힘이 빠졌어. 내가 인산에 돌아온 건 십 년 만이야. 고등학교를 졸업하자마자 서울에서 취직했다가, 작년 연말에 엄마 아빠 집으로 돌아왔어. 그런데 진짜 변한 게 없어. 그때나 지금이나 아빠가 응원하는 야구팀은 여전히 지고 있고, 엄마가 보는 아침 드라마에서는 똑같은 배우가 나와서 불륜 중이야. 이웃 사람들도 앞 골목 떡집도 다 그대로야. 오전에 두부 팔러 오는 아저씨의 종소리도 변하지 않았어. 꼭 지난 십 년이 통째로 삭제된 것처럼, 내가 한 번도 이곳을 떠난 적이 없었던 것처럼. 다들 제자리에 남아서 낡아가고 있을 뿐이야. 마법에 걸린 도시 같아. 변한 것은 너뿐이야. 너는 이제 여기에 없지. 변하지 않고 나를 기다린 이 도시에서 너만 사라졌어. 우리가 함께 썼던 이야기 속, 시간의 문을 열고 사라져버린 초능력자처럼 말끔히 없어졌어.

나는 가끔 사라진 노트들을 읽고 싶을 때가 있어. 우리는 고등학교 삼 년 내내 쓰고 또 써서, 결국 두터운 노트 두 권을 다 채웠지. 노트는 지구가 모년 모월 모시에 멸망한다는 이야기로 가득했어. 2학년 때는 반이 달라서, 쉬는 시간마다 서로의 교실로 찾아갔잖아. 그때마다 노트는 내 손에서 네 손으로, 네 손에서 내 손으로 옮겨 다녔지. 첫 번째 노트는 네가 가졌고, 두 번째 노트는 내가 가졌어. 첫 번째 노트는 네가 가지고 사라졌고, 두 번째 노트는 내가 불태웠지.

나는 사실은 그 노트가 연애편지가 아니었을까 생각해. 너한테는 아니었겠지만 나한테 그 이야기들은 연애편지가 아니었다면 아무것도 아니었을 거야.

　지금 생각하면, 나는 너한테 미안해.

　지금도 그때 생각을 하면, 나는 나도 모르게 중얼
거려.

　"씨발, 존나 죽고 싶네."

　그렇게 돼. 그때 왜 그랬을까.

　정말 왜 그랬을까.

【초록빛 모자를 쓴 여자】
2화
내가 별들 사이에서 춤추게 해줘

유나는 셋째가 죽은 군벌 병사를 사막에 묻는 것을 도왔다. 시체의 입, 코, 귀 따위가 모두 식물의 줄기와 잎을 뿜어냈다. 마치 병사가 풀을 먹었다가 토해내는 것처럼 줄기와 잎이 끊임없이 입에서 기어나왔다. 손톱과 발톱에서도 줄기가 나왔다. 풀들이 미어터져서 병사의 신발도 찢어졌다. 신발은 꼭 꽃이 피는 것처럼 천천히 찢어졌고, 찢긴 신발에서는 줄기가 터져 나왔다. 유나는 그것을 보다가 구토하고 말았다. 유나는 몰래 입가를 훔쳤다. 병사에게서 뻗어 나온 식물의 이파리와 줄기가 유나의 발치에서 살아 있는 동물의 촉수처럼 꿈틀거렸다. 줄기가 유나의 발을 건드리자, 유나는 그것을 발로 찼다. 그것은 발길질에 잠시 멀어졌다가, 다시 유나의 주변을 맴돌았다. 셋째는 삽으로 땅을 깊이 팠다.

"왜 나를 자매라고 부르는 거야? 나는 네 자매가
아니야."

유나는 그 이파리에 신경 쓰지 않으려고 셋째에
게 말을 걸었다.

"자매, 너는 다 잊어버렸구나."

셋째는 땅을 파면서 말했다. 유나를 나무라는 말
투였다. 유나는 셋째를 흘겨보았다. 등에서는 아직
도 스멀거리는 덤불 줄기가 느껴지는 것 같았다. 망
막을 뚫고 들어오던 뜨거운 하얀 빛도 시야 가장자
리에서 어른거리는 듯했다. 유나는 셋째를 흘끔거
렸다. 십 년 만에 다시 보는 바이라마는 정말 사람과
똑같았다. 십 년 전, 바이라마가 점령한 마을에서 살
았을 때도 누가 바이라마인지 몰랐다. 그때는 다들
그걸 묻지 않았다. 유나는 셋째가 두려우면서도 궁
금했다.

"너는 바이라마지? 바이라마들은 십 년 전에 다
죽었는데, 넌 혼자 살아남았어?"

"자매들은 죽지 않아. 우리를 기다리고 있을 뿐이

야."

이 바이라마는 바보 같다. 유나는 속으로 생각했
다. 바이라마는 십 년 전에 다 죽었어. 정부군이 다
없앴다고. 넌 혼자 살아남은 거야. 아무도 없이···.
나처럼.

셋째는 땅 파는 걸 멈추고, 군벌 병사의 시체를 잡
아끌어 구덩이 속으로 밀어 넣었다. 군벌 병사의 시
체는 어느새 푸르스름한 식물의 싹으로 뒤덮여서,
인간의 시체가 아니라 사람 모양으로 뭉친 덤불처
럼 보였다. 덤불은 눈에 보일 만큼 빠르게 계속 자
랐다. 유나와 셋째는 급히 구덩이 위로 흙을 덮었다.
하지만 덤불이 자라는 속도가 더 빨랐다. 덤불은 흙
을 헤치고 위로 위로 올라왔다. 다 올라오자, 염탐하
는 것처럼 바닥을 양옆으로 쓸면서 움직였다. 그러
다 셋째의 발에 닿자, 순식간에 타고 올라 셋째의 다
리를 조였다. 셋째가 몸을 흔들자 덤불은 잠시 떨어
졌다가 다시 맹렬하게 셋째의 다리를 타고 올랐다.

유나는 호주머니에서 성냥을 꺼내 불을 붙여서
덤불 위로 던졌다. 어렸을 때 군인들이 바이라마를

이렇게 죽이는 걸 봤다. 줄기에 불이 붙자마자 덤불은 쐐아 하는 소리를 내며 오그라들었다. 셋째는 풀려나자마자 서둘러 덤불에 붙은 불을 밟아서 껐다. 그리고 급히 불에 타고 남은 덤불을 구덩이 속에 던져넣고 흙으로 묻었다.

"자매, 미안해. 오래 걸리지 않을 거야."

셋째는 덤불을 묻은 구덩이를 향해 말했다. 바이라마도 다른 바이라마한테 당하기도 하나 보네. 이 바이라마는 그렇게 강하지 않을지도 몰라. 유나는 생각했다. 유나는 주머니 속에 든 공문을 꼭 움켜쥐었다. 현상금이 눈에 어른거렸다.

어스름한 어둠 너머로 동이 터 오기 시작했다. 사막 위의 하늘이 서서히 선홍색으로 물들어갔다.

그날 새벽 유나는 생생한 꿈을 꿨다. 달이 사막을 비추자, 달빛이 길이 되었다. 은빛으로 빛나는 그 길을 개 한 마리가 달렸다. 개는 아름다운 갈색 눈동자를 가졌다. 길 끝에 누군가 있었다. 그이가 두 팔 벌려 개를 맞이했다. 유나는 개를 알아보았지만, 그 사람은 잘 보이지 않았다. 다락방의 쥐들이 찍찍거리는 소리에 유나는 꿈에서 깼다. 잠에서 깨어나면서 유나는 길 끝에 있던 사람이 유나 자신이라는 것을 깨달았다. 뺨에는 눈물이 말라붙어 있었다. 유나는 손으로 뺨을 세게 문질렀다. 손에 묻어 있던 모래가 뺨을 긁었다.

◆

밴이 다녀간 뒤 술집은 한가했다. 셋째가 온 지도 몇 주일이 지났다. 셋째는 낮에는 마을 밖을 돌아다녔고, 밤에만 방에서 시간을 보냈다. 유나는 형식 몰래 혼자 힘으로 국토안전부에 신고할 수 있는 방법을 궁리해보았지만 막막하기만 했다. 밴 운전사나 파발꾼도 믿을 수 없었다. 마을 사람들은 돈푼깨나 있다는 떠돌이 여자에게 관심을 보였지만, 셋째를 보았다는 사람은 드물었다. 셋째는 주로 사막에서 시간을 보내는 것 같았다. 유나는 셋째의 행적을 지켜보았지만, 이해할 수 없었다. 셋째는 달아날 길을

찾는 것 같지도 않았고, 느긋하게 어슬렁거렸다. 그
날도 셋째는 아침 일찍 방을 나섰다. 유나와 눈이 마
주치자, 셋째는 미소를 짓고 나갔다. 이상한 여자다.
마을 사람들은 저렇게 이유 없이 웃지 않는다. 왜 공
짜로 웃는단 말인가? 유나는 라디오를 들으면서 셋
째가 향한 사막을 내다보았다. 저기 어딘가에서 셋
째가 헤매고 있을 것이다. *나를 달로 날아가게 해줘,*
내가 별들 사이에서 춤추게 해줘…. 유나는 셋째가
마음에 들었다. 유나는 셋째에게 쓸데없는 말을 하
고 싶었다. 나도 꼭 당신을 신고하고 싶은 건 아니
야. 하지만, 어쩔 수가 없어. 우리 엄마는 바이라마
를 좋아했어. 바이라마 때문에 죽었다고. 내가 당신
을 신고하는 걸 엄마는 싫어하겠지만, 다른 길이 없
잖아. 나한텐 신고 포상금만이 자유로워질 수 있는
길이야.

　마을 노인 몇이 구석에서 선인장 술을 마시면서
노닥거렸다. 쥐 한 마리가 홀 구석에 놓은 쥐덫에 걸
려 찍찍거리며 울부짖었다. 미라가 유나를 불렀다.

　"쥐덫 좀 갖고 와."

미라는 군대에서 빼돌린 의료용 알코올에 선인장 가루와 이상한 양념을 넣어 선인장 술을 빚었다. 그 술은 구역질 나는 냄새가 나고 마신 다음 날 두통도 심했지만 값이 싸서 인기가 좋았다. 유나는 익숙하게 쥐덫에서 쥐를 꺼내 죽이는 미라를 보며, 예전의 미라를 떠올렸다. 유나가 엄마와 살던 때, 미라는 명랑하고 잘 웃는 여자였다. 유나의 엄마와 그 마을이 이제 없는 것처럼, 그 시절의 유나와 미라도 없다. 이 마을에 온 뒤로 형식과 미라는 자주 싸웠고, 미라는 거리로 뛰어나가 가슴을 치면서 고함을 질렀다. 미라는 심장을 토해내는 것처럼 격하게 울부짖었다. 유나는 미라가 외치는 소리를 처음에는 잘 알아듣지 못했다. 어구레, 어구레?

미라가 "억울해, 억울해" 하고 외치고 있다는 걸 나중에 경도와 그 친구들이 키득거리며 비웃는 소리를 듣고서야 알게 되었다.

"뭘 봐?"

멍하니 생각에 잠겨 있는 유나를 향해 미라가 퉁명스럽게 말했다.

"아무래도 그 떠돌이 여자가 수상해. 분명히 어디선가 봤단 말이야. 그 여자 어디에서 왔다고 그러던?"

"그 여자가 나한테 그런 얘기를 왜 해?"

유나는 뜨악하게 답했다.

"수원이 텅 비어 있었다는 얘기 들었지? 정부군이나 군벌이 그랬으면 소문이 날 텐데 너무 조용하단 말이야. 꼭 십 년 전 바이라마 사태 때 같아."

"바이라마라니, 그딴 게 아직도 남아 있을 리가 없잖아. 바이라마는 정부군이 다 없앴다구."

유나는 모르는 척했다.

"바보 같긴. 정부군 놈들이 하는 말을 믿어? 바이라마는 처음에는 온 세상에서 다 튀어나오더니 갑자기 싹 다 사라져버렸단 말이야. 그걸 저 멍청한 정부군 놈들이 어떻게 했겠어? 요즘 또 사막에서 떠돌이 여자들이 하나둘씩 없어지고 있다는데, 무슨 일이 일어나고 있는 건지. 난 정부군 따윈 안 믿어."

"너 따위가 뭔데 정부군을 믿는다 만다야?"

형식이 나타나자 미라는 입을 다물었다.

"너 지난번에 서울에서 온 군벌 병사 새끼 못 봤어?"

형식이 유나에게 물었다.

"못 봤어."

형식은 유나를 수상쩍다는 듯이 쳐다봤다. 유나는 부엌을 빠져나왔지만 분했다. 형식이 그 군벌 병사에게 유나를 팔아넘긴 게 확실했다. 유나는 술집 바깥에 놓은 쥐덫을 찾아 나섰다. 새끼 쥐 한 마리가 쥐덫에 갇혀서 겁에 질려 울고 있었다. 유나는 쥐덫 문을 열어 새끼 쥐를 풀어주었다. 새끼 쥐는 뒤뚱거리며 달려 나갔다. 형식에게 복수하려고 한 행동이었지만 마음이 후련했다. 새끼 쥐가 달려가는 모습을 보니, 간밤에 꾼 꿈이 다시 떠올랐다. 마음이 가라앉았다. 꿈속의 개는 십 년 전 마을로 왔던 개였다. 그 개는 유나가 지금까지 살면서 만난 유일한 개였다.

그때 유나는 창밖을 보며 죽을 먹고 있었다. 사막에서 희한한 생물이 비틀거리며 걸어왔다. 그것은 머리가 사람 머리만큼 컸지만, 쥐처럼 발이 네 개 달렸고 온몸이 털로 덮여 있었다. 비쩍 말라서 등과 배가 붙을 지경으로 허리가 가늘었고 갈비뼈가 다 드러나 있었다. 온몸이 상처투성이였다. 그것은 사람의 것과 비슷하지만 훨씬 더 크고 아름다운 갈색 눈을 하고 있었다. 그것이 창문 너머로 유나를 물끄러미 바라보았다. 마치 간청하는 것 같았다. 유나는 그것의 뾰족한 입과 이가 무섭기도 했지만, 호기심이 더 컸다. 유나는 나가서 자신이 먹고 있던 점심 죽을 그것에게 주었다. 그것은 한참 죽과 유나를 번갈아 바라보다가, 이윽고 결심한 듯 허겁지겁 죽을 먹었다. 죽을 먹으면서도 유나를 힐끔거리며 바라보았지만, 마음을 조금 놓은 것 같았다. 급히 죽을 다 먹은 다음에도 그것은 가지 않았다. 머뭇거리며 유나의 주위를 서성거렸다. 형식이나 미라가 이것을 봤다간 어떤 일이 일어날지 뻔했다.

"가! 가라고!"

유나는 그것을 쫓아 보내려고 했다. 하지만 그것은 유나가 발길질하는 시늉을 할 때마다 저만치 달아났다가도 다시 돌아왔다. 그것은 유나에게 가까이 오지 않았지만 멀리 떨어지지도 않았다. 조금 떨어져서 유나를 따라다녔다. 유나는 술집 뒤편 창고에 그것을 위한 자리를 만들었다. 유나가 다 떨어진 모포를 깔아주자, 그것은 모포를 긁어 모양을 만들더니 그 위에 올라가 금방 잠이 들었다. 한참 잠을 못 잤는지 오래도록 잤다. 그날 저녁 유나가 창고에 다시 갔을 때, 그것은 유나를 보고 더는 놀라지 않았다. 그것은 유나의 옆에 앉아 제 머리를 유나의 손에 비볐다. 유나는 손으로 그 머리를 쓰다듬었다. 유나는 다음 날부터 점심 죽을 먹지 않고 아꼈고, 술 마시는 사람들이 남긴 쥐고기 부스러기를 긁어모았다. 밤이 깊어지면 유나는 형식과 미라가 잠들기를 초조하게 기다렸다. 둘이 코 고는 소리가 들리기 시작하면 유나는 몰래 모은 음식을 들고 창고로 갔다. 그 며칠간 유나는 천국과 지옥을 오갔다. 들키면 어떻게 될지 생각하면 겁이 나 숨이 막혔지만, 또 그것과 같이 있어 행복했다.

"일곱 살 때가 아직도 생생해. 잊어버리고 싶은데, 잊히지가 않아. 어느 날에는 내가 아직도 그 마을에 있는 것 같아. 바이라마가 언제 나타났는지는 모르겠어. 마을 사람 중에 누가 바이라마였는지도 몰라. 바이라마는 그렇대. 나무 괴물인데, 꼭 사람같이 생겨서 알아볼 수가 없대. 사람들 사이에 섞여 있다가, 다른 사람들을 감염시킨대. 바이라마는 나무 괴물이라서 아픈 줄도 모르고, 죽여도 죽지 않고 꾸역꾸역 되살아나서 사람들을 홀린다는 거야. 똑똑한 사람들은 안 홀린대, 괜찮대. 멍청한 놈들, 가난뱅이들, 떠돌이들, 바보 같은 여자들, 호모들만 홀린다고 했지.

그냥 언젠가부터 마을이 시끄러워졌어. 여기저기다 풀이 돋아났어. 집 안에도, 길거리에도. 어딜 가나 사람들이 목소리를 낮춰서 얘기했어. 우연히 마주치면 머리를 맞대고 열을 올리면서 *바이라마, 바이라마…*. 그리고 얼마 안 되어 마을 곳곳에 풀이 자랐어. 풀은 금세 무성해져서 허리까지 왔어. 그 풀에서 덩굴이 자라서, 집 벽과 길 위를 굵은 넝쿨이 다

메웠어. 걸을 때마다 그 위를 걸어 다녔는데, 애들은 넘어지기 일쑤였지. 넝쿨과 풀은 가끔 사람 몸을 휘감았어. 움직이지 않고 가만히 있으면 풀려났어. 하지만 풀려나면 아쉬웠어. 감겨 있으면 기분이 좋았거든. 나도 풀이 된 것 같고. 마을 애들은 익숙해졌어. 넘어지지 않으려고 넝쿨을 피해서 다니는 것에도, 갑자기 풀이 다리를 감아 올라오는 것에도, 아줌마들이 밤마다 그 넝쿨 사이를 홀린 듯한 얼굴로 돌아다니는 것에도 익숙해졌지. 우리 엄마는 특히 더했어. 엄마는 밤마다 온 마을을 헤매 다니고, 사람들과 정신없이 얘기했어. *자매들, 자매들이 오면… 군벌들이 쫓겨난다, 우리는 해방이다!*

그러다가 마을에 나무들이 솟아나기 시작했어. 어느 날엔가 하룻밤 사이에 나무가 다 자랐지. 나무들은 희뿌연 안개를 내뿜었고, 그 안개 사이를 거닐면 몸이 시원해지면서 숨이 뚫리는 것 같았어. 목마름도 가시고. 그 냄새를 맡고 있으면 나도 신났어. 소름이 돋았어. 뭐가 뭔지 모르게 가슴이 두근거렸어.

그때쯤 엄마는 황홀해 보였어. 사람들은 달밤에도 나가서 나무 아래에서 서로 소근거리며 이야기했지. 아, 그 달. 달이 파랗고, 사람들은 아주 작게 속삭였어. 거기에 꽃이 필 거라고 했어. "조금만 더 있으면 된단다. 조금만 더 있으면… 조금만 더 기다리면 자매들이 올 거야."

하지만 모두가 좋아한 건 아니었어. 어떤 사람들은 그냥 여자들이 미쳐가고 있을 뿐이라고 했지. 특히 남자들이 그랬어. 한번은 마을 남자 어른들이 제일 큰 나무를 베려고 했는데, 여자들이 나무를 에워싸고 손을 잡았어. 그리고 남자들의 눈을 바라봤지. 남자들은 결국 나무를 베지 못했어.

그랬는데, 정부군이 온다는 거야. 왜? 왜 오는지 아무도 몰랐어. 마을 사람들은 이유도 모르면서 달아나기 시작했어. 하지만 엄마는 떠나지 않겠다고 했어. "조금만 더 있으면 꽃이 피는데…." 엄마는 마치 그게 제일 슬픈 것처럼 말했어. "더는 달아나지 않는 거야. 더는 살려달라고 구걸하지도 않고 겁먹고 오줌을 싸지도 않는 거야. 알겠니?" 그러면서 나를 막 아프게 흔들었어. 나는 엄마가 무서웠어. "우리는 이렇게 가지만, 바이라마는 우리 피에서 더 배울 것이고, 자매들은 올 거야. 알겠니?" 마지막에 엄마는 나를 껴안고 말했지.

나는 뭐가 뭔지 알 수가 없었어. 엄마는 나더러 미라와 형식이를 따라가라고 했어. 하지만 마을에서 도망 나왔을 때, 미라와 형식이는 마을 사람들 몰래 숨었어. 멀리 가지 않고, 마을 근처 모래 언덕에 숨어서 마을을 훔쳐봤어. 형식이는 프락치였던 거야.

언덕 뒤에 숨어서 보고 있자니, 얼마 안 돼서 정부군이 왔어. 마을에 남은 사람들은 여자 몇 명이 다였는데, 차에서는 수도 없이 많은 정부군이 뛰어내렸어. 내리자마자 나무와 나무를 둘러싼 여자들을 향해서 총을 쐈지. 탕, 탕! "괴물이다, 괴물이다!"

그때 나는 봤어. 멀리서도 보였어. 그 나무에 마치 사람의 핏줄처럼 초록빛이 도는 걸. 나뭇가지 끝과 여자들의 입과 눈에서 초록색 넝쿨이 튀어나왔지. 그것들은 춤을 추는 듯 일렁거렸지만, 곧 타들어갔어. 피가 강처럼 흘렀어. 그 피로 된 강에서 초록색

아지랑이가 피어올랐어.

도망친 마을 사람들은 사막으로 가버렸어. 떠돌이가 됐지. 나중에 형식이는 "너네 엄마는 운이 좋았어"라고 말했어. 정부군이 왜 주로 여자들이 바이라마가 되는지 밝혀내겠다고 떠돌이 여자들을 잡아서 아주 끔찍하게 실험했다고 그랬어. 바이라마는 괴물이라 아픈 줄도 모르니 괜찮다고 말이야. 실험실에 끌려갈까 봐 미리 자살하는 떠돌이 여자들이 많았다고도 했지.

하지만 나는 형식이 말 같은 건 믿지 않아. 그래도 가끔 생각해. 그 사람들은 모두 어떻게 되었을까?

정부군이 마을을 떠나자, 미라와 형식이는 마을에 남은 돈 될 만한 거리는 다 주워서 챙겨 나왔지. 그때도 피로 된 강이 흐르고 있었어. 햇살 아래, 반짝, 반짝거리면서. 초록색 가루 같은 걸 콸콸 쏟아내면서."

유나는 그것에게 쉴 새 없이 제가 살아온 얘기를 쏟아내었다. 그것은 유나의 무릎 위에 머리를 얹고 눈을 감은 채 들었다. 그것은 어떤 대꾸도 하지 않았지만, 가끔 큰 갈색 눈을 들어 유나를 바라보았다. 유나는 그 눈빛에서 온기를 느꼈다.

그 눈빛을 생각하자 유나는 먹먹해졌다. 유나는 땅을 발로 차면서 소리를 질렀다. 저 멀리 새끼 쥐가 달려가는 게 눈물로 흐리게 보였다.

"그런 게 오래 갈 리가 없지."

고작 사흘이었다. 사흘째 유나가 그것에게 밥을 주고 있을 때, 바깥에서 부산스러운 소리가 들렸다. 유나는 모포로 그것을 덮어서 감추려고 했지만 감춰지지 않았다. 형식과 미라가 창고로 들이닥쳤다. 미라가 유나를 붙잡았다. 유나는 미라를 뿌리치려고 했지만, 미라의 손아귀는 돌처럼 단단했다. 그것은 미라와 형식을 보고 이를 드러내고 으르렁거렸다.

형식이 총으로 그것을 쏘았다. *탕.* 그것의 몸 안에서 단단한 것이 으스러지는 소리가 났다. *탕.* 그것이 쇳소리를 내며 허공으로 튀어 올랐다. *탕, 탕.* 그것은 쓰러졌다. 유나는 미라를 뿌리치고 그것에게 다가갔다. 그것은 유나의 발치에서 죽어갔다. 따스했던 눈빛이 흐려졌다. 그것은 눈을 뜬 채 죽었다.

"개라니! 내 평생 다시 개고기를 맛볼 일이 있을 줄이야."

형식이 누런 이를 드러내며 웃었다.

다음 날 마을 사람들이 술집에 몰려왔다. 미라가 개를 요리했다. 미라는 개의 가죽을 벗기고 살을 저며서 냈다. 그날은 마을 사람들이 모두 들떠서 마치 잔칫날 같았다. 다들 기뻐하며 술집을 오갔다. 술 마시러 오는 사람들만 보던 유나에게는 낯선 얼굴이 많았다. 노인과 아이들까지 모두가 개고기를 씹고 국물을 마시며 웃고 떠들어댔고, 이따금 유나를 힐끔거리기도 했다. 유나는 구역질이 났다.

미라가 유나에게 슬며시 고기 한 점을 내밀었다. 유나는 그 손을 뿌리쳤지만, 미라는 유나의 손에 고기를 꼭 쥐여주었다. 유나는 그 고기를 바닥에 내팽개치려고 했으나, 차마 그럴 수 없었다. 죽었지만 그 살점은 여전히 개의 몸이었다. 유나는 망설이다 그

한 점을 입에 넣었다. 달고 고소한 맛이 나는 덩어리가 금방 입안에서 흩어져갔다. 그렇게 단 고기를 먹어본 적이 없었다. 유나는 으깨져 침 속에 녹아든 살점을 꿀꺽 삼켰다. 뱃속에서 개가 온기를 뿜는 것 같았다. 유나는 개가 자신의 뱃속에 자리 잡기를 바랐다.

"가지 말고 거기 있어."

유나는 주먹을 꼭 쥐었다. 유나는 언젠가 형식을 총으로 쏘고 싶었다. 겁에 질려서 달아나게 한 다음에 등 뒤에서 쏘아서 해치우고 싶었다. 마을 사람들을 모두 다 쏘고 싶었다. 차례차례 한 명씩 누구도 남기지 않고 다 죽이고 싶었다. 그런 다음에는 누구도 먹지 않을 것이다. 한입도 먹지 않을 것이다. 절대로.

유나는 손에 힘을 주어 테이블을 거칠게 닦았다. 경도가 문을 열고 홀로 들어왔다. 경도는 주변을 두리번거리며 유나에게 다가왔다.

"그 여자 어디 있냐?"

"청소하는 데 방해되잖아. 저리 비켜. 그 여자라니, 누구 말이야?"

"새로 온 여자 떠돌이 말이야. 그 여자가 돈이 좀 있다며? 마을 밖으로 불러내봐."

"내가 왜?"

"그것만 해주면, 앞으로 내가 다른 놈들이 아무도 못 건드리게 너를 지켜줄게."

"웃기시네. 너만 꺼지면 돼."

경도가 유나의 손목을 비틀었다. 유나는 입술을 깨물고 경도의 눈을 노려보았다. 경도가 손에 힘을 실으며 유나의 손목을 더 세게 비틀었다. 유나가 머리로 턱을 들이받자, 경도는 유나의 손목을 놓쳤다. 경도가 주먹을 치켜들었다.

"무슨 얘기를 그렇게 다정하게 해?"

형식이 나타났다. 경도는 주먹을 내려놓았다.

"애들 있나 보러 왔어요."

유나가 경도의 정강이를 세게 찼다. 경도는 절뚝거리며 급히 술집을 빠져나갔다. 형식은 경도의 뒷모습을 바라보면서 뺨을 실룩거리며 웃었다.

"어디서 감히 남의 손님을 넘봐? 하여간 쥐새끼 같은 놈이 돈 냄새는 귀신같이 맡는다니까. 야, 고유나, 너 그 떠돌이 여자 잘 지켜. 도망 못 가게, 마을 놈들이 못 건드리게 하란 말이야."

유나는 눈알을 굴리고, 더 힘주어 테이블을 닦았다. 혼자 여행하는 떠돌이 여자가 돈을 갖고 있다면, 그건 거리에 나뒹구는 지갑이나 마찬가지라고 생각하는 인간들이었다. 마을 사람들이 돈이라면 무슨 짓이든 할 각오가 되어 있다는 걸 유나는 잘 알았다. 유나는 아랫입술을 깨물었다.

'나도 마찬가지야. 아니, 돈이 제일 필요한 사람은 나야.'

유나는 공문을 숨겨놓기를 잘했다고 생각했다. 아무도 셋째의 진짜 가치를 모르고 있었다. 셋째가 지니고 있을지도 모를 푼돈이 문제가 아니었다. 셋째는 육천 원이 걸린 몸이었고, 또 형식이나 경도 따위가 넘볼 수 있는 보통의 떠돌이도 아니었다. 내가 신고하면 몰라도, 너네한테 셋째가 당하게 하지는 않을 거야. 유나는 생각했다.

그러나 유나가 돌아섰을 때 공문이 호주머니에서 빠져나와 바닥으로 떨어졌다. 돌아서던 형식이 그 공문을 주웠다. 공문을 읽어 내려가는 형식의 눈썹이 꿈틀거렸다.

그날 밤 유나는 쉽게 잠들지 못했다. 창밖의 달은 유난히 컸고 은빛으로 찬란하게 빛났다. 그 달빛을 타고 개가 자신에게 오고 있을 것만 같았다.

'나는 어떻게 해야 할까?'

유나는 제 뱃속의 개에게 물었다. 개는 살아 있을 때처럼 침묵했다. 다음 공문이 오기 전에 어서 신고해야 했다. 잠이 오지 않았다. 저 멀리 엄마의 목소리가 들리는 것 같았다. *꽃이 필 거야.* 이래서야 잠이 올 리 없었다. 이게 다 셋째 때문이야. 셋째가 나타난 뒤로 옛날 일들이 생생하게 떠올랐다. 문득 유나는 셋째가 어떤 얼굴로 잠들었는지 알고 싶었다.

유나는 셋째의 방으로 향했다. 방문에 귀를 대고 그 앞에 쪼그려 앉았다. 자신의 숨소리밖에는 아무 소리도 들리지 않았다. 유나는 비밀 열쇠를 써서 셋째의 방문을 열었다. 셋째는 깊이 잠들어 있었다. 셋째의 비틀린 입술 사이로 낮은 신음 소리가 흘러나왔다. 셋째에게서 유나가 잘 아는 냄새가 났다. 사막을 건너온 것들이 풍기는 냄새다. 땀 냄새와 섞인 사막 냄새, 밴에 실려서 지나가는 반쯤 곤죽이 된 옛 군인이나 도망치다 잡힌 여자들, 지치고 미친 사람들이 풍기는 냄새. 엄마와 개에게서도 이런 냄새가 났다. 셋째는 식은땀을 흘리며, 얼굴을 찡그리고 몸부림을 쳤다. 셋째는 이상하고도 아름다웠다. 셋째 옆에 있으면 공기가 맑다. 이 세상이 신선하게 느껴진다. 신이 갓 만든 것처럼. 셋째는 아무리 보고 있어도 지겹지가 않아. 나무라서 그런가? 너는 바이라마야. 바이라마는 괴물이야. 나무나 마찬가지야. 너희는 인간이 아니야. 괴로움을 느끼지 못해. 인간이 아니니까. 네가 괴로워하는 듯 보이는 건, 그냥 내 기분 탓이야. 그런데 나는 왜 이리도 네 얼굴의 고통을 알아볼 수 있을 것 같을까? 고통스러워하는 너를 보는 게 왜 이렇게 고통스러울까.

유나는 셋째의 얼굴을 닦아주려고 했다. 셋째의

살갗에 유나의 손가락이 닿는 순간, 셋째가 유나의 손목을 잡았다. 셋째는 유나를 알아보고 손을 풀었다.

"무슨 꿈을 꿨어? 신음 소리를 내더라."

"붉은 세계가 끝도 없이 펼쳐져 있었어. 나는 그 속을 떠다녔어. 빨간 허공이 꿈틀거리면서 진동했어. 사방에서 신선한 피 냄새가 나는데 너무 신선해서 낯설었지. 그곳에는 아주 작고 슬픈 신이 살고 있었어. 나는 그 신을 참 좋아하게 됐어."

셋째는 유나를 바라보며 말했다. 희미하게 미소를 짓는 것도 같았다.

"이상한 꿈이네. 너네 바이라마가 온 곳에서 있었던 일이야?"

유나의 말에 셋째는 고개를 저으며 웃었다.

"아니, 이곳에서 있었던 일들."

"그게 뭐야."

셋째는 웃기만 했다. 유나는 셋째의 표정이 신기했다. 거기에는 연민이 있었다. 유나에게는 누군가 자신에게 연민을 느낀다는 사실이 셋째가 바이라마

라는 사실보다 더 신비하게 느껴졌다. 신고해야 한
다는 생각이 떠오르자, 유나는 두려웠다. 유나는 알
았다. 셋째를 고발한다면, 괴로워하는 셋째의 얼굴
을 계속 떠올리게 될 것이다. 그리고 내내 지금처럼
어딘가가 찢어질 듯이 아플 것이다. 신고, 정말 해야
하나? 바보 같은 소리. 신고 안 하고 이 마을에서 이
따위로 평생 살겠다는 거야? 어차피 얘는 바이라마
고 쫓기고 있어. 안 잡힌다면 곧 마을을 떠나겠지.
나는 또다시 여기 혼자 남겨질 거야. 하지만….

셋째는 불을 껐다. 불이 꺼지자 창문으로 들어온
달빛이 셋째의 그림자를 벽에 드리웠다. 셋째는 왼
팔을 유나 쪽으로 길게 뻗고, 오른손 손가락을 반쯤
접었다. 그리고 그 오른손으로 통통 튀어 오르는 시
늉을 했다.

"뭐 하는 거야?"

셋째는 말없이 반쯤 접은 손을 길게 뻗은 팔 위에
서 움직였다. 그리고 턱짓으로 벽에 비친 그림자를
가리켰다.

유나는 그 그림자극을 알아보았다. 그것은 유나

의 꿈이었다. 셋째의 펼친 팔은 길이었고, 반대쪽에 있는 접은 손은 개였다. 그림자로 만든 개가 깡충깡충 뛰어 유나에게로 왔다. 유나 앞에서 그 개는 신이 나 폴짝폴짝 뛰었다. 유나는 손을 뻗었다. 그림자 속에서 유나의 손이 개에게 닿았다. 그림자 개가 제자리에서 높이 뛰어올랐다.

다음 순간, 흰 빛으로 방이 눈부시게 환해졌다. 유나는 눈이 부셔 눈을 감았다. 다시 눈을 떴을 때는 세상이 마치 물속에 잠긴 것처럼 온통 미끈거렸다. 유나는 그 속을 유영하면서 나아갔다. 하지만 아무리 애써도 제자리였다. 그제야 유나는 자신이 물고기처럼 헤엄치는 게 아니라, 해초처럼 나부끼고 있다는 것을 알았다. 위를 올려보자 푸른 하늘 대신 초록빛 하늘이 보였다. 보이지 않았지만, 사방에서 깜박거리며 자신을 보고 있는 눈동자들을 느낄 수 있었다. 그 눈동자들이 끔벅이며 이상한 감정을 쏘아보내고 있었다. 그 감정이 무엇인지 이름을 붙일 수 없었으나, 눈동자들이 보내는 유대감이 햇살처럼 따스하게 피부에 와 닿았다. 몸속 어딘가가 기분 좋게 간질거렸다. 유나는 뭔가 알 것만 같은 기분이 들었다. 만족스러워져서 중얼거렸다. *여기가 거기인가.*

그러나 다음 순간 모든 것이 사라졌다. 유나는 피부 위로 다시 건조한 사막의 공기를 느꼈다. 어느새 돌아와 있었다.

"이게 뭐지?"

"자매들이야."

셋째가 말했다.

"그들이 정말 살아 있어?"

"그럼. 자매들은 지금도 여기서 우리를 기다리고 있어. 자매들은 아주 오래전에 지구에 왔지. 자매들은 실험대에서 메스에 잘려 죽었고, 뒷골목에서 건달들에게 맞아 죽었고, 사막으로 달아나서 헤매다가 죽었어. 하지만 그 몸을 뒷골목의 지구인들과 작은 동물들, 벌레들이 배부르게 먹었는걸. 바닥에 흐른 피는 땅속으로 깊이 번져갔지. 지구인들은 실험실에서 죽은 자매들의 몸을 모두 태웠지만, 불탄 자매들이 연기가 되어 지구의 대기 속으로 흘러 들어가는 것까지는 막지 못했지. 작은 상자에 갇힌 뼛가루 한 줌까지 지구에 머무는걸. 자매들로 지구는 더 풍요로워진 거야. 그렇게 우리가 뿌리내리고 있다는 걸 지구인들은 몰랐어. 하지만 자매들은 여기 있어. 햇살 아래 나뭇잎이 찬란하게 빛날 때, 자매들은 미소를 짓지. 들판에 풀들이 무성할 때 자매들의 손가락이 우리 발목을 간질이지. 우리는 이미 무성하니 걱정하지 마. 절대 걱정하지 마. 자매들은 꽃을 피울 거야. 너도 그 꽃을 보게 될 거야. 그러니 아무 걱정하지 마. 절대 걱정하지 마."

셋째는 말했다.

"바보야. 그들은 다 죽어버렸어. 이제 아무것도 없어. 혹시 뭔가가 남았다면, 그건 그냥 유령이야. 사막을 떠돌아다니는 힘없는 유령들."

"그들은 살아 있어."

"그러면 왜 엄마가 죽기 전에 나타나지 않은 거야? 왜 엄마를 구해주지 않은 거야? 왜 개를 죽게 내버려둔 거야?"

유나는 화가 났다.

"그때도 있었어."

"그렇다면, 아무 소용도 없는 것들이네. 너도, 너도 결국 죽을 거야. 그들은 네가 죽는 것도 내버려두겠지."

"아니야. 나는 죽지 않아."

유나는 눈물을 훔치며 말했다.

"너도 죽어. 우리 엄마처럼, 개처럼. 꽃은 피지 않아. 그들도 오지 않아. 오는 건 정부군뿐이야. 벌써 수배가 떨어졌다고. 알아? 네가 떠나면 나는 너를 고발할 거야. 그럼 그들이 너를 잡아서 괴롭히다가 죽이겠지. 내가 너를 고발할 거라고…."

그러나 셋째의 표정은 변하지 않았다. 셋째는 마치 다 알고 있었던 것처럼 말했다.

"괜찮아. 고발해도 돼. 대신 부탁을 하나 들어줘."

"뭔데?"

"경도를 나오라고 해줘. 우리가 처음 만난 날, 떠돌이 병사를 묻었던 곳으로."

그 괴물들은 이 우주의 좆 같은 신들이 아니다

나는 숲이 꿈을 꾸고, 나무에게 나는 괴물들이 영글어간다.

나는 춤을 추며 떠내려간다.

　여기의 공기는 두려운 것들로 꽉 차 있다. 빽빽한 산소의 안개가 뿌연 저 아래로, 쉴 새 없이 숲이 흘러간다. 숲이 숨을 뿜어낸다. 그 숨이 나를 마셨다가 뱉는다.

　코가 쨍해지는 시퍼런 공기

　쨍, 하고 내가 쪼개질 것 같은

　너무 맑아서 뜨겁고 향기롭고, 날 선 공기

　신선하다 못해, 내 세포를 공격하는 것 같은

　제멋대로 나를 살리고 죽일 것 같은 공기를 저 숲이 뿜는다.

나는 낱낱의 세포로 흩어져서 나부낀다.

내 세포들은 서로 속삭이고 키득거리고 너울거리면서 난다.

꿈이었다. 나는 아쉬움 속에서 몸을 구부렸다 폈다 하면서 멀어져가는 쾌락의 끄트머리라도 붙잡으려 허우적거렸지만, 그럴수록 정신은 멀쩡해지고 완전히 잠에서 깨버렸다. 나는 바싹 마른 방에서 에어컨의 냉기를 느끼며 비틀거리면서 일어났다. 핸드폰을 켰더니, 어제 보다 잠든 소설이 화면에 떠오른다. 〈초록빛 모자를 쓴 여자〉 2화였다. 잠이 덜 깨서 모든 게 몽롱했다.

거실에 나가니, 엄마가 아침 드라마를 보고 있었다. 그 모습을 보고 정신이 돌아왔다.

맞아, 나는 돌아왔지. 돌아왔구나.

축, 귀환! 축, 항복! 축, 망한 인생! 축, 엿이나 먹어라! 축, 옜다, 다 뜯어먹어라!

그렇게 됐었지.

출근하고 보니, 가게 안은 엉망진창이다. 어제저녁에 택배 보내면서 바닥에 던져놓은 스티커 뒷면, 찢어진 비닐봉지와 노끈 따위가 온통 널브러져 있다. 청소하기 싫다, 도망치고 싶다. 나는 발로 쓰레기를 구석에 밀어 넣고, 자리에 앉아 핸드폰을 켰다. 오늘도 하루 종일 가게에 앉아 있을 생각을 하니, 벌써 갑갑했다.

나는 가게를 개업한 첫 일주일 동안은 이 가게를 사랑했다. 싸서 사랑했다. 월세가 삼십오만 원이니 서울 고시원보다 쌌다. 지하철역에서 가깝고 건물은 제법 깨끗했다. 길모퉁이에는 작은 꽃집이, 맞은편에는 슈퍼마켓이 있었다. 보증금은 삼백만 원이었고, 그건 내가 가진 현금 전부였다. 보증금이 삼백만 원이라는 말을 들었을 때, 나는 이건 운명적인 사랑이라고 생각했다. 망설임 없이 계약금을 냈다. 그때는 바로 옆이 고깃집인 게 이렇게 괴로울 줄 몰랐다. 점심시간이 되면 마늘 굽는 냄새와 남의 살 타는 냄새가 스멀스멀 벽을 넘어온다. 어떤 때는 연기도 희미하게 보이는 것 같다.

다행히 오늘은 가게 앞에 아무도 차를 대지 않았지만, 고깃집에서 고기 먹는 인간들은 하루에도 몇 번씩 내 가게 앞에 차를 댄다. 고깃집 사장이 제집에 오는 인간들한테 내 가게 앞에 차를 대라고 하는 게 틀림없다. 젊은 여자라고 무시하는 것 같다. 지난번에 전화했을 때는 오후 다섯 시부터 술에 취해 목소리가 꼬부라지는 중늙은이가 전화를 받았다. 차 빼라고 했더니 "나 여기에서 고기 먹는데"라고 웅얼거렸다. 나는 "얻다 대고 반말이야?"라고 소리를 질렀다. 중늙은이 하나가 고깃집에서 비틀거리며 나와서 차를 뺐다. 나는 그 모습을 팔짱 끼고 지켜봤다. 그 중늙은이는 나를 곁눈질로 바라보며 실실 웃었다.

나는 요즘 자주 싸운다. 지난주에는 지하철 안에서 중년 남자가 내 엉덩이를 더듬었다. 내가 쳐다보니 광고를 보는 척했다. 머릿속이 새까매졌다. 요즘은 화가 나면 그렇게 된다. 나는 그 남자에게 바싹 가까이 다가가서 주먹으로 등을 쳤다. 그 남자는 아무것도 못 느꼈다는 듯이 나를 쳐다보지 않고 천천

82

히 다른 칸으로 옮겨 갔다. 나는 그 등에 대고 "썹새끼야"라고 말했다.

그렇지만 나는 손님들에게는 친절하고 상냥하다. 밤 열 시에 메시지를 보내 티셔츠 크기가 작다고 해도 꽤 오래 상담해준다. 내 친절은 손님들을 상대하는 데에 모두 쏠려 있어서, 그 밖의 시간에는 아무것도 남아 있지 않다.

우리가 다음에 만나면 너도 조심하는 게 좋을 거다. 나한테 친절하게 대해줘.

다시 만난다면 말이야.

핸드폰 사진 앨범을 뒤져본다. 노트를 태우기 전에 찍어놓은 사진 한 장이 남아 있다.

괴물의 정체: 식물 여자 엄마 성별 없음

남자 괴물은 없나?

남자는 체질적으로 괴물에 안 맞아. 거시기는 괴물에 어울리지 않아.

그대여, 지구를 침공하라!

싹 쓸어버리라구.

우리는 간절히 기도했다.

아멘, 아멘.

옴 산티 산티.

노트를 태우기 전에 한 페이지만 사진을 찍었다. 지금 봐도 우습다. 옆에는 화난 얼굴을 한 나무 괴물이 사람들을 잡아먹는 그림이 그려져 있다. 그림은 네가 그렸다. 잡아먹히는 사람은 "으아아아아악!" 소리를 지른다. 무슨 소리를 하려고 했는지 도무지 떠오르지 않지만, 우리 둘 다 신나서 낙서했었다는 건 기억난다.

너와 나는 고등학교 1학년과 3학년 때 같은 반이었다. 나는 교실 가장 뒷줄 구석진 자리에 일 년 내내 붙박이로 앉는 애였고, 너는 공부를 열심히 하는 키 작은 모범생이라 늘 앞에 앉았다. 그러다 갑자기 네가 제일 뒷줄로 자리를 옮기는 바람에 우리는 나란히 앉게 됐다.

친해지기 전에는 너를 그냥 말없이 열심히 공부하는 착한 모범생이라고 생각했다. 친해지고 나자너는 정말 말이 많았다. 무조건 남이 하자는 대로 하는 착한 성격인 줄 알았는데, 친해지고 나니 떼도 많이 썼고 짜증도 많이 냈고 마음에 안 들면 발을 굴렀고 눈을 흘기고 가버렸다. 하지만 그랬다가도 바로돌아왔다. 우리는 서로 하고 싶은 말이 너무 많아서,같이 이야기할 때면 서로 더 많이 말하려고 다퉜다.주말에 만나면 우리는 정말로 숨이 차도록 말해서,헤어질 때면 가끔 숨을 헐떡였다.

진짜 그랬나? 사람이 숨을 헐떡일 정도로 말을 많이 할 수가 있나? 내가 진짜 그랬나? 지금 생각하면안 믿긴다. 요즘 나는 누구와도 말하지 않는 날들이많다. 하고 싶은 말도 별로 없다.

"원래 그렇게 말이 없어요?"

쇼핑몰을 차리기 전 관련 교육을 받으러 다닐 때같이 교육받던 어떤 아저씨가 나한테 말했다. 나는 뭐라 할 말이 없어서 그냥 웃었다.

"성격이 참 여성스러우신가 보네요."

나는 마시던 커피를 뿜어버렸다. 미친 듯이 웃는 나를 보던 아저씨의 당황한 얼굴이 생각나면, 나는 아직도 웃음을 터트린다.

고등학교 때 내 별명은 괴물이었다. 중학교 때 별명은 거인이었다. 초등학생 때부터 육상을 했는데, 중학생 때 집이 망하고 기록도 안 나와서 그만뒀다. 그만둔 뒤에 알게 됐는데, 나는 그거 말고는 잘하는 것도 없고, 사람들이 내게 관심 둘 거리도 없고, 나도 관심 둘 것이 세상에 달리 없었다. 단순히 공부를 못하고 친구가 적은 그런 차원을 넘어, 나는 뭔가 글러먹은 애였다. 공부하는 법, 친구를 사귀는 법, 다른 여자애들처럼 말하고 웃는 법. 남들이 다 아는 그걸, 남들이 다 엄마 뱃속에서 배워 나오는 그걸 나만 못 배우고 나온 것 같았다. 차라리 병이라도 있었으면 좋겠다고 생각한 적도 있었다. 그러면 내가 왜 이렇게 빌어먹도록 이상한지에 대한 변명이 될 것 같았다. 하지만 나는 변명거리를 찾지 못했다. 나는 어떻게 해서든 자리를 바꿔서 늘 교실 제일 뒤에 혼자 앉았다. 거기만이 편했다. 거기 앉아서 한 번씩 헤아려보았다. 이 교실에서 내가 한 번이라도 말해본 애가 몇 명이나 되는지. 또 이번 주에는 학교에서 몇 번이나 입을 열었는지. 그 숫자는 좀처럼 늘지 않았다. 갈수록 내 외로움의 끝은 단단해지고 날카로워져서, 나는 호주머니 깊은 곳에 송곳 같은 그것을 남들 몰래 숨겨놓고 다니는 것 같았다. 어느 순간 그 송곳이 호주머니를 찢고 나와 나를 찌르고 세상을 찌를 것 같았다. 고등학생이 되어도 아무것도 변하지 않았다.

나는 힘이 셌다. 그날은 청소 당번이었다. 교탁 근처를 청소하면서 뒷걸음질 치다가 일진 여자애와 부딪혔다. 반 아이들 전부가 그 애와 나를 쳐다봤다. 실랑이 끝에 그 애는 내게 욕설을 퍼붓고 따귀를 때리고 머리채를 잡았다. 잡힌 머리채도, 따귀를 맞은 뺨도 그저 간지러울 뿐이었지만, 쏟아지는 반 아이들의 시선은 수치스러웠다. 머리채가 잡힌 채 욕을 듣는 동안, 머릿속이 암전됐다. 내가 그 애 얼굴을 주먹으로 때리자, 그 애는 팅겨 나갔다. 내가 그 애 배를 밟으려고 했을 때, 교실에 있던 아이들이 일제히 소리를 질렀다. 나는 가까스로 멈췄다.

그 뒤 한동안 나는 겁을 먹었다. 그 애의 일진 친구들이 떼로 몰려와 나를 두들겨 패면 어쩌나. 나를 칼로 찌르면 어쩌나. 잘못해서 걔들을 죽이면, 나는 감옥에 가겠지…. 나는 아이들이 많은 곳에만 있었고, 화장실도 자주 안 가고 참았다.

하지만 아무 일도 없었다. 오히려 일진 애들은 나를 쳐다보지도, 가까이 오지도 않았다. 그 애들은 그저 가끔 '괴물'이라는 말을 서로 속닥거렸을 뿐이다. 아무도 말해주지 않았어도, 나는 그것이 나라는 걸 알았다. 나를 쳐다보지 않는 건 그 애들만이 아니었다. 그 전까지 나와 한두 마디씩 하던 애들도 이제는 나를 쳐다보지 않았다. 나는 완전히 혼자가 됐다. 늘 느리던 학교에서의 시간이 더욱 느려졌다. 선생들은 이마를 찌푸리고 나를 유심히 쳐다보곤 했다.

그전까지는 지각하지 않았는데, 그 뒤로 지각을 자주 했다. 학교와 나 사이의 끈이 아주 가느다래져서 금방이라도 툭 끊어질 것 같았다. 나는 학교를 관두고 돈을 벌고 싶다고 자주 생각했다. 우리 학교는 지각한 아이들을 점심시간에 집합시켰다. 지각한 애들은 학교 운동장 그늘진 곳에 자란 잡초를 뽑아야 했다. 일렬로 길게 줄을 선 지각생들의 행렬은 말없이, 학교 운동장 이곳저곳과 구석 자리 땅들을 돌았다. 나는 점심시간에 풀을 뽑는 게 좋았다. 다른 애들 눈에 띄지 않게 혼자 점심시간을 보내는 방법을 고민하지 않아도 되니, 차라리 풀 뽑는 날이 반가웠다. 지글거리는 햇살 아래서 풀을 뽑을 땐, 아무 생각 하지 않아도 시간이 잘 갔다.

우리 반에서 나 말고 제일 자주 지각하는 애가 너였다. 너는 풀을 뽑는 척만 하고 그냥 지나가곤 했다. 너는 풀을 뽑지 않고 손으로 햇살을 가리면서 얼굴을 찡그린 채 멍하니 하늘을 보곤 했다. 이상한 놈. 그러다가 너는 종종 나를 쳐다봤다. 교실에서도 너는 종종 나를 보곤 했다. 내가 돌아보면 너는 빠르게 눈을 돌려서, 우리가 눈을 마주치는 일은 없었다. 너는 눈에 띄지 않는 순하고 착한 모범생이었다. 주변 아이들과 적당히 이야기하고, 잘 웃고 생글거렸고, 쉬는 시간에도 점심시간에도 공부했다. 하지만 뭐라고 콕 집어 말할 수 없음에도, 나는 네가 어딘가 이상하다는 생각이 들었다. 그게 뭔지는 몰랐다.

그리고 얼마 되지 않아, 너는 내 옆자리에 앉기 시작했다.

네가 처음 내 옆자리에 와서 앉았을 때, 내 앞줄에 앉아 있던 애가 처음으로 뒤를 돌아봤고, 너에게 자리를 왜 이렇게 뒤로 옮겼냐고 물었다. 너는 선생님들 침이 너무 많이 튀어서 피난 왔다고 농담했다. 키가 작은데 칠판이 보이냐는 질문에는, 매우 잘 보인다고 말했다. 하지만 너는 키 큰 아이들에 가려서 칠판이 보이지 않아 자주 곤란해했다.

나는 네가 곧 다시 자리를 옮길 거라고 생각했는데, 너는 거기에 눌러앉았다. 나처럼, 일 년 내내. 그리고 우리는 친해졌다.

처음 친해지기 시작했을 때, 너는 내가 그 일진 애

와 싸우고 괴물이라는 별명이 붙었음에도 전혀 신경 쓰지 않는 것 같아서 멋있다고 생각했다고 말했다.

"그게 멋있어?"

너는 고개를 끄덕였다. 그리고 너는 우리 반 아이 중에 나를 멋있게 생각하는 애들이 많다고 했다. 일진 애들의 행패가 갈수록 심해지고 있었는데, 특히 나를 때렸던 애는 정말 끔찍하게 굴고 있었는데, 나한테 맞은 이후로 다른 아이들을 안 괴롭힌다고 했다. 그래서 나를 좋게 생각하는 애들이 많다는 거였다. 특히 일진이 아닌 여자애들이 그런다고 했다. 그 애들은 절대 나를 괴물이라고 부르지 않는다고 했다.

"여자애들이 그렇게 생각하는지 네가 어떻게 알아?"

나는 빈정거렸다. 너는 잠시 뺨을 붉혔지만, 다 안다고 했다. 그리고 나는 너와 친한 애들과 조금 친해졌다. 너와 나는 가끔 쉬는 시간에 앞쪽으로 가서 그 애들과 이야기하다가 교실 뒤쪽으로 돌아오기도 했고, 그 애들이 뒤쪽으로 와서 이야기하기도 했다. 전부 다 키가 작아서 앞쪽에 앉는, 얌전하고 공부를 열심히 하는 애들이었다. 너는 그 애들이 말하면 주로 듣다가 고개를 끄덕였다. 거의 공부에 관한 이야기라서 나는 도무지 관심이 생기지 않았지만, 이야기하는 아이들 무리에 끼어 있다는 것은 워낙 두근거리는 일이라 좀처럼 따분해지지가 않았다. 그렇게 교실에 앉아 있는 게 견딜 만해졌다.

우리는 수업이 끝난 뒤에도, 주말에도 같이 돌아다녔다. 우리는 숨이 막히도록 이야기를 많이 했다. 우리는 좋아하는 애니메이션과 음악이 겹쳤고, 괜찮게 생각하는 선생과 애 들도 겹쳤다. 사실 너는 어른들을 좋아하지 않고 애들도 좋아하지 않고, 공부도 좋아하지 않았다. 하지만 선생이나 다른 애들이 너를 좋아하지 않을까 봐, 성적이 떨어질까 봐 자주 불안해했다. 우리의 가장 큰 공동 관심사는 세계가 멸망하는 이야기였다. 너는 나처럼 이 세계를 좋아하지 않았다.

"세계 멸망 기원. 어서어서 좀 멸망했으면."

하지만 너는 나보다 신중했다. 너는 착한 사람들과 아이들과 동물들은 안전한 세계를 원했다. 너는 괴물을 좋아했다. 고질라와 공룡, 킹콩, 에이리언, 에반게리온. 너는 괴물들이 옳다고 했다. 너는 〈셰이프 오브 워터〉를 사랑했다.

영화 〈반지의 제왕〉에서 나무들은 악한 마법사를 처단한다. 나무들은 진격하며 외친다. (너는 그 대사를 외우고 있었다.)

"가자, 친구들이여. 엔트들도 전쟁을 시작하겠다. 그런데 어찌하여 죽음을 향해 가는 기분이 드는 걸까. 엔트들의 마지막 행군을 시작하겠다."

너는 그 장면에 대해 이야기하며 눈물을 글썽거렸다.

"원숭이 대신 나무들이 진화했어야 해."

너는 주장했다.

나는 내가 괴물이라서 네가 나를 좋아한다는 걸 깨달았다. 이상한 애라고 생각했다. 하지만 어쩐지 기뻤다. 안심이 됐다.

너는 정말 이상한 데에도 관심이 많았다. 너는 시를 썼고 채식을 했고, 네 엄마를 위해서 요리하는 것도 좋아했다. 너는 거의 모든 것에 대해서 생각했고 근심했다. 너는 기후 위기와 지구 반대편에서 일어나는 전쟁을 걱정했다. 어느 날에는 아프리카 어느 나라에서 동성애자들을 감옥에 가두고 있고, 트랜스젠더들이 거리에서 구타당한다고 걱정했다. 나와는 반대였다. 나는 나와 상관없는 일에는 관심이 없었다. 단지 나는 네가 너무 똑똑해서 그 똑똑함이 너를 망쳐버리지 않을까, 세상이 너의 똑똑함을 못 참으면 어쩌나, 걱정됐다. 누구라도 너를 다치게 하면, 나는 가만히 있지 않을 거야. 죽여버릴 거야. 하지만 공부도 못하고 집도 가난한 열 몇 살짜리 여자애가 죽일 수 없는 상대도 세상에는 있지 않을까? 그럴 때 네 엄마를 생각하면 안심이 됐다. 네 엄마는 부자고, 터프하고 강해. 네 엄마가 너를 지켜줄 거야. 너는 안전할 거야. 나는 생각했다.

우리는 세계가 멸망하는 방식에 대한 목록을 짜

고, 순위를 매겼다. 지구에 핵전쟁이 나고 사막이 될 거라는 게 나한테는 일 등이었다. 나는 생명이 없는 사막 혹은 유전자가 변형된 기이한 것들과 약간의 로봇만 남은 그런 세상을 자주 상상했다. 밤하늘에는 별이 쏟아질 듯 빛나는데, 지상에는 모든 것이 절멸된 세상. 지금 기세등등한 저 모든 권세와 영광이 끝장난 세상. 괴롭히는 놈들도 없고, 괴롭힘을 당하는 자들도 없는 세상.

너는 나무 괴수를 상상했다. 너는 누가 엿듣기라도 하는 것처럼 내 귓가에 대고 속삭이듯 말했다.

그거 알아?

식물은 여자도 남자도 없대.

어떤 나무들은 양성이고, 또 다른 나무들은 살아 있는 동안 성을 바꿔.

모두 같이 성을 한꺼번에 바꾸는 나무들, 순서대로 번갈아가면서 바꾸는 나무들….

옛날 사람들은 이 우주가 거꾸로 자라는 나무라고 생각했대.

나무는 이 세계의 축이야.

우리는 숨이 막히도록 말하다가도, 종종 동시에 할 말이 없어졌다. 그럴 땐, 억지로 말하지 않아도 됐다. 너와 함께 있을 땐, 말하지 않아도 편안했다. 말이 없어도 상대가 지겨워하지 않을까 걱정할 필요가 없었다. 우리는 종종 말하지 않고 돌아다녔다. 시내에서 만나서 집까지 걸어왔다. 우리는 지나치는 지하철역 숫자를 꼽으면서 걸었다. 어느 날엔 채식주의자용 짜장면을 말없이 먹고 걸었고, 다른 날엔 고기를 뺀 햄버거를 말없이 먹고 걸었다. 마주 앉아 짜장면을 말없이 먹기만 하는 우리가 우스워서, 중국집 유리창 밖에서 반 아이들이 우리 모습을 웃으며 구경한 적도 있었다.

그 시절 나는 괜찮았다. 모든 게 괜찮았다. 나한테 남자아이들이 좋아할 만한 구석은 어디에도 없다는 걸 나는 잘 알았다. 하지만 너라면 괜찮을 거 같았다. 너는 나를 좋아할 거라고 나는 자신했다. 나한테

너밖에 없듯이, 너 또한 그럴 거라고. 너와 같이 있으면, 세상이 무섭지 않았다. 우주에 우리 둘만 있는 것 같았다. 그렇게 우리는 함께 우주를 유영하고 있는 것 같았다. 나는 모든 게 괜찮았다. 그건 참 이상한 기분이었다. 억울했던 모든 일이 별로 중요하지 않은 게 되었다. 아빠의 실업과 술주정, 가난과 엄마의 성난 눈초리, 갈수록 형편없어지는 성적, 다른 여자아이들과 너무 다른 외모, 아이들의 차가운 눈빛, 알 수 없는 미래. 그까짓 것들에 왜 그렇게 목매달았던가? 그것들은 중요하지 않았다.

　우리는 이렇게 서로를 꼭 붙잡고 있고, 앞으로도 그럴 터이니, 다 괜찮을 터였다.

　교실에 나란히 앉아 있노라면, 책상 위에서 손등이 스치고, 여름 교복을 입은 날엔 팔꿈치가 우연히 스쳤다. 우리는 서로의 손을 피하지 않았다.

　땀이 나서 미끈거리는 피부.

　네 존재의 표면.

　나는 지금도 가끔 그때 닿았던 네 손등에 대해서

생각한다.

그리고 우리가 술을 마셔보기로 했던 그날, 너는 거의 마시지 않았고, 나는 진탕 취했다. 나는 너에게 키스했다. 너는 가만히 나를 받아주었다. 너는 나를 만지지 않았다. 하지만 괜찮았다. 내가 너의 목을 만질 때, 너의 목이 내 손끝을 만졌으므로.

키얄트, 헬레, 바이라마, 수리아. 나의 사막에는 이제 신비한 나무들이 가득했다.

여자도 아니고 남자도 아닌 그 나무들은 우주를 짊어지고 거꾸로 자라나고 있었다.

나무에는 괴물들이 매달려 영글어가고 있었다.

그 괴물들은 이 우주의 좆 같은 신들이 아니다.

그들은 그렇게 잔인하지 않다.

【초록빛 모자를 쓴 여자】
3화
목성과 화성의 봄이 어떤지 내게 보여줘

이틀 뒤 경도가 사라졌다. 이장은 돈을 써서 수색대를 꾸렸다. 수색대가 마을 바깥의 사구 지역을 뒤진 지 사흘 만에 경도는 발견되었다. 발견 당시 경도는 사막을 향해 기도라도 하려는 듯이 무릎을 꿇고 있었다고 한다. 경도의 손목과 등에는 손가락 자국이 깊이 패어 있었고, 전신에 초록색 핏줄이 두드러졌다. 경도를 찾은 수색대가 술집에 몰려와 떠들었다. 술값은 이장이 나중에 낼 거라고 했다.

"경도 자식 온몸에 끈끈한 초록색 액체가 뒤범벅돼 있는데, 처음 맡아보는 달착지근한 냄새가 확 나는 거야. 그 냄새를 맡는 순간, '아이고, 내가 이렇게 죽는구나' 싶더라고. 왜 그랬냐고는 묻지 마. 나도 모르니까."

"이장이 경도를 붙잡고 무슨 일이 있었는지 아무리 물어도 대답을 하나. 경도는 사막만 쳐다보지. 그놈 끝까지 입도 달싹 안 하대."

수색대원들이 이제 목소리를 낮춰서 이야기했다. 수색대원들이 더 경악한 것은 경도가 나타난 곳에 낯선 식물이 자라고 있었다는 점 때문이었다. 선인장도 보기 드문 사막 한가운데에 잎이 무성한 녹색 식물이 자라고 있었다. 그것은 모래 속에 얕게 뿌리를 내리고, 가는 줄기와 잎을 흐드러지게 늘어트렸다. 수색대원 하나가 그것을 건드리자, 끈끈하고 달콤한 냄새를 풍기는 수액이 손가락에 묻어났다. 그곳은 작은 숲 같았다. 숲 한가운데에는 웅덩이가 있었다. 거기에 붉은 액체가 고여 있었는데, 초록빛 가루가 그 위를 떠다녔다.

유나는 쟁반을 들고 오가며 이들의 이야기에 귀기울였다. 나이 든 수색대원들은 겁을 먹고 있었다. 그들은 입을 열어 말하는 것을 두려워했고, 입속으로 술만 털어 넣었다. 그러나 젊은 대원들은 아랑곳하지 않고 떠들었다.

101

잠시 뒤 이장이 들어왔다.

"자, 오늘 수고했어. 피곤들 할 테니, 이만 집에 들어가서 쉬지. 내가 오늘 수고비는 밴 오는 날 따로 더 챙겨줄게."

이장이 표정 없는 얼굴로 말했다.

"아저씨, 경도 뭐 해요? 경도 나오라고 해요. 이런 날은 밤새 마셔야죠. 왜, 바이라마라도 봤대요?"

새로운 패거리의 젊은 남자가 이장을 향해 이죽거렸다. 그러자 이장은 바로 품 안에서 총을 꺼내 들고 손잡이로 젊은 남자의 입을 내리쳤다. 젊은 남자는 한 손으로 입에서 나는 피를 닦으며 이장을 노려봤다. 이장은 그를 바라보지도 않고 주변을 둘러보며 차갑게 말했다.

"나는 성스러운 주님의 자식이지만, 내 총은 쌍년의 자식이지. 만약에 오늘 밤에도 흥청망청 마시겠다면, 내 총이랑 뜨겁게 주둥이를 맞부딪치게 될 거야."

장사는 그것으로 끝이었다. 사람들은 하나둘씩 자리를 떴다. 모두가 빠져나가자, 이장은 피로한 얼굴로 가운데 테이블에 주저앉았다. 형식이 맞은편에 앉았다.

"바이라마지?"

형식이 묻자, 이장이 피로한 얼굴로 머리를 끄덕였다. 형식은 유나를 흘깃 보고는 이 층에 올라가 있으라고 했다. 일 층으로 내려와서 기웃거리면 아작을 내버리겠다고 했다. 그러고는 이장을 향해 손가락을 까딱였고, 둘은 머리를 맞대고 소리를 죽여 한참을 수군거렸다. 유나가 올라가기 전 본 이장은 평소의 그답지 않게 흥분한 모습이었다. 술잔을 바닥에 탕탕 치며 연거푸 마셨다. 술잔이 금방이라도 깨질 것 같았다. 술이 덥수룩한 수염을 타고 흘러내렸다.

유나는 이 층에 가서 몰래 바닥에 난 구멍으로 그둘이 이야기하는 모습을 훔쳐보았다. 형식이 이장의 팔을 붙잡고 뭔가를 만류하는 듯했다. 그러나 이장은 계속 형식의 팔을 뿌리치며 흥분했다. 그러자형식이 제 호주머니에서 종이조각을 꺼내 이장에게보여주는데, 유나는 그것이 자신의 공문임을 알아봤다. 유나는 급히 호주머니를 뒤졌다. 공문은 호주머니에 없었다. 이장은 공문을 여러 번 주의 깊게 읽고, 형식에게 돌려주었다. 형식은 젓가락을 쥐고기 양념에 적셔서 테이블 위에 뭔가를 썼다. 이장은 물끄러미 그것을 보더니 고개를 끄덕였다. 형식은 제가 쓴 것을 손등으로 훔치고는 그것을 핥아먹으며 크게 웃었다. 둘은 함께 술집을 나갔다. 둘이 나가고 잠시 뒤, 미라가 부스럭거리며 부엌에서 나왔다. 미라는 허리를 펴고는 유나가 훔쳐보고 있는 쪽을 향해 서서 외쳤다.

"고유나, 거기에서 보고 있지? 내려와."

유나는 입술을 깨물고 일 층으로 내려갔다. 미라와 형식이 어디까지 알고 있는지 알 수 없어서 조바심이 났다. 미라는 유나를 보고는 코웃음을 치고 뒤돌아서더니, 부엌에서 쥐고기와 술을 가져와 테이블에 놓고는 라디오를 크게 틀었다. 비린내와 달콤하고 구슬픈 사랑 노래가 부엌을 채웠다. *목성과 화성의 봄이 어떤지 내게 보여줘. 그러니까, 내 손을 잡아달라는 말이야*— 노란 조명 아래 미라의 눈이 더

노랗게 보였다. 미라가 유나에게 맞은편에 앉으라고 손짓했다. 미라는 퉁퉁 부은 손으로 유나에게 술잔을 내밀며 물었다.

"그 떠돌이 여자 어디 있어?"

"몰라. 원래 그 여자는 방에 잘 없어."

유나는 술을 마시고 답했다. 선인장 술에 든 거칠한 건더기가 목을 긁었다.

"경도가 바이라마에 감염됐어. 형식이 이장을 꼬드겨서 또 마을 사람들을 다 넘기고 자기들만 살아남을 생각인 거야. 이번에는 나도 죽이려는 게 틀림없어. 나한테 숨겨보려는 꼬락서니라니. 하지만 내 눈은 못 속이지."

미라가 술을 털어 마시며 키득거렸다.

"하지만 경도가 감염되었는데 이장이 왜 신고해? 신고하면 경도부터 죽일 텐데."

"바보야, 진짜 감염되었는지는 아무도 몰라. 그냥 죽여보고 피에 초록색 가루가 떠 있으면 바이라마인 거고, 아니면 감염이 덜 됐나 보다 하고 말 뿐이야. 살리고 싶은 놈은 살리면 돼. 이장은 형식이랑

거래해서 경도를 빼돌리고 대신 마을 사람들을 내줄 거야. 그리고 현상금을 나누겠지. 이장은 차와 총이 있으니까 형식이는 그게 아쉬워서라도 경도를 숨겨줄 거야. 정부군이 신고받고 오면, 마을 사람들을 모두 죽이겠지."

미라는 몸을 떨었다.

"그럼 이제 어떻게 할 건데?"

유나가 묻자, 미라는 자리에 일어서서 테이블을 움켜쥐고 말했다.

"살아남으려면 형식이가 떠나고 난 뒤에 우리도 바로 떠나야 해. 너와 나, 그리고 그 떠돌이 여자. 그 여자가 있어야 해. 다른 마을 사람들이 눈치채기 전에 우리끼리만 달아나는 거야. 너와 나만 사막으로 가서는 정부군을 피할 수 없어. 정부군이 사막을 이 잡듯이 뒤질 거야. 하지만 바이라마는 정부군을 피하는 방법을 알 거야. 서둘러야 돼."

"그 여자도 정부군을 피해서 달아나고 있는 것뿐이야."

"이 바보야, 수원을 생각해봐. 시체가 없었다고

하잖아. 바이라마들이 잡아먹으려고 숨긴 게 틀림없어. 지금도 다 같이 사막에 숨어 있을걸. 그 여자는 알고 있을 거야. 너도 그 여자를 믿는 건 아니겠지? 네 엄마를 생각해봐. 까딱하면 그렇게 되는 거야. 바이라마는 사람을 홀려서 속에서부터 야금야금 잡아먹지. 우리는 바이라마를 믿는 척하다가, 정부군이 물러났을 때쯤 도망쳐서 다른 마을로 갈 거야. 시간이 없어. 형식이와 이장도 서두를 거니까. 곧 차를 타고 경도까지 숨겨서 데리고 셋이서 떠나겠지. 이제 풀이 나기 시작했으니, 감염돼서 미친 여자들이 나올 테니까."

"미친 여자들?"

"그래. 네 엄마 같은 여자들, 바이라마한테 홀려서 세상을 바이라마 숲으로 만들려는 여자들."

"바이라마가 어떻게 사람을 홀리는데?"

"우리가 자유롭다는 환상, 우리가 자유로워질 수 있다는 환상으로."

미라는 비웃으며 말했다.

"바이라마는 인간이 뭘 바라는지 알아내는 재주

가 있다더군. 그딴 걸 믿으면, 네 엄마처럼 되는 거야. 여기에 다른 길은 없어. 죽도록 열심히 달아나야 해. 딴생각을 하면 잡아먹히는 거야, 놈들한테."

"놈들?"

"그래. 바이라마나 형식이나 정부군 같은 놈들한테."

미라는 접시에 남아 있는 쥐고기를 입에 쓸어 넣으며 말했다.

"다 똑같아. 여기서 두들겨 맞고, 저기서 잡아먹히는 거야. 그러니까, 그 떠돌이 여자가 돌아오면 도망쳐야 한다고 말해줘. 내가 너한테 일러줬다는 말도 빼먹지 말고. 여자가 돌아왔다고 나한테 얼른 와서 말하고."

유나는 고개를 끄덕였다. 미라는 주방으로 돌아갔고, 유나는 일어나 테이블을 닦기 시작했다. 숨이 막히는 것 같았다. 창밖에는 모래바람이 거세게 불고 있었다. 하늘은 희뿌옜다. 라디오에서는 지직거리는 소리만 들릴 뿐이었다.

형식은 밤늦게야 돌아왔다. 셋째는 돌아오지 않았다. 창밖을 내다보던 유나의 눈에 어둠 속에서 무언가가 술집 건물로 다가오는 게 보였다. 그 그림자는 날렵하고 가볍게 움직였다. 그것이 건물의 문을 흔들었다. 자물쇠와 쇠사슬 철컹거리는 소리가 점점 더 거세졌다. 잠시 뒤, 쇠사슬이 끊어져 바닥으로 떨어지는 소리가 요란하게 들렸다. 나무로 된 문이 완전히 쪼개져 바닥에 부딪히는 소리가 이어서 났다.

"뭐야! 이게 무슨 소리야?"

미라와 형식이 복도로 뛰어나왔다. 계단이 빠르게 삐걱댔다. 계단을 날듯이 올라온 것은 경도였다. 경도는 소리를 지르며 달려왔는데, 그 목소리도 뛰는 모양새도 예전의 경도가 아니었다. 경도는 벽을 타고 날듯이 뛰어왔고, 경도가 내지르는 소리는 쥐덫에 걸린 쥐가 내지르는 비명, 그것이 아니라면 미친 여자의 웃음소리 같았다. 형식은 경도를 향해 총을 쏘았다. 탕. 탕. 총알이 경도의 가슴에 정통으로 박혔다. 그러나 경도는 느려졌을 뿐 쓰러지지 않았고 서서히 형식에게 가까이 다가갔다. 형식이 세 방, 네 방을 쏘았을 때에야 경도는 휘청거렸다. 형식이 경도를 향해 화염방사기를 쏘았다. 불꽃이 경도의 몸 위로 폭죽처럼 터지자, 그제야 경도는 무릎을 꿇었다. 경도의 가슴이 타들어가 구멍이 났다. 그러나 그 구멍은 인간의 살이 아니라, 단단한 뭔가가 일그러진 것처럼 보였다. 구멍에서 끈적한 액체가 흘러나왔는데, 피라기에는 너무 끈적하고 어두운 색이었다. 그 위로 빛이 나는 초록빛 가루가 날아올랐다. 달콤하고 구역질 나는 냄새가 났다. 경도는 서서히 바닥에 쓰러졌고, 몸부림은 점차 잦아들었다. 경도의 눈에는 눈물이 고여 있었다. 경도는 입을 달싹이며 뭔가를 말하려고 했으나 말하지 못했다. 유나는 더 이상 경도를 볼 수 없어 외면했다. 형식은 경도의 시체를 몇 번이고 발로 차고는 침을 뱉었다.

"네가 경도를 그 바이라마 년한테 팔아넘겼지?"

형식이 유나에게 총을 겨눴다. 그러나 유나의 뒤에서 뭔가를 발견하고는 천천히 총을 내렸다. 유나가 뒤를 돌아보자, 거기에는 셋째가 서 있었다. 형식은 셋째와 유나를 번갈아 노려보고는 뒷걸음질 쳐서 밖으로 빠져나갔다.

형식이 술집 건물을 빠져나가 이장의 집으로 뛰어가는 것을, 미라와 유나는 보았다. 잠시 뒤, 이장의 차가 마을을 벗어났다. 미라는 유나에게 이장의 집으로 가야 한다고 했다.

"싫어. 거기를 왜 가?"

"무기가 남아 있나 찾아봐야 해. 총 하나 없이 사막으로 갈 수는 없어."

미라는 주장했다. 미라와 유나는 이장의 집으로 갔다.

이장의 집 문은 열려 있었다. 그 안은 완전히 난장판이었다. 이장은 짐승에게 살해된 것처럼 목을 물어뜯겨 죽어 있었다. 그 목의 상처에 뿌리를 내린 식물이 자라나고 있었다. 식물의 뿌리가 집 곳곳으로 뻗어나갔다. 뿌리가 점점 길어지는 것이 눈에 보였다. 그것은 아주 느린 벌레가 기어가듯 슬금슬금 길어졌고 거기에서 웅웅거리는 소리가 들렸다. 집 한

가운데에는 이장의 아내가 앉아 있었다. 이장의 아내는 하얗게 센 머리를 늘어트린 채 허리를 꼿꼿이 세우고 의자에 앉아서 뿌리가 자라나는 모습을 물끄러미 바라보고 있었다.

"이봐, 이장댁 아줌마. 당신 남편 어떻게 된 거야?"

미라가 물었다. 이장의 아내는 킥킥거리며 웃었다.

"지금 자라고 있어. 잘 자라고 있지."

"차는?"

이장의 아내는 이번에는 놀랄 만큼 멀쩡하게 미라를 쏘아보며 말했다.

"댁의 남편이 훔쳐 갔지. 댁의 남편은 아주 뻔뻔스러운 도둑놈이야. 당신도 내 집에서 나가!"

미라는 아무렇지도 않은 척하며, 집을 뒤져 이장의 총을 찾았다. 이장의 아내는 남편의 시체에서 뻗어 나온 식물 뿌리를 볼 뿐, 총을 집어 가는 미라에게는 신경 쓰지 않았다. 유나가 문을 넘어가려 할 때, 이장의 아내는 유나에게 물었다. 아주 멀쩡한 목소리였다.

"유나야, 네가 경도를 불러냈지?"

유나는 얼어붙어 대답하지 못했다.

"잘했다, 아주 잘했어."

이장의 아내는 쾌활하게 말했고, 일어나서 창문을 열었다. 사막의 바람이 집 안으로 불어왔다. 미라는 유나의 팔을 잡아끌고 밖으로 나왔다.

"봤지? 감염되면 저렇게 돼. 속에서부터 바이라마에게 잡아먹힌 거야. 네 엄마도 저랬어. 기억나지? 곧 이장처럼 끝장나겠지."

유나는 셋째가 죽였던 군벌 병사를 묻은 곳으로 가보았다. 거기에는 나무 한 그루가 우뚝 서 있었다. 나무는 가지를 하늘 높이 뻗었다. 사람의 피둥피둥한 손가락처럼 마디가 진 가지가 무수히 늘어져 있었다. 아찔하고 독한 향이 났다. 미라는 코를 막았다.

"얼른 가자고. 총을 챙겼으니 됐어. 이제 얼른 떠나야지. 서너 시간 뒤면 형식이가 정부군 초소에 도착할 거야. 정부군이 지프를 몰고 오는 데도 그쯤 걸

릴 테고. 지금 사막으로 숨으면 꽤 멀리 갈 수 있을
거야."

"마을 사람들은 그럼 이대로 다 죽는 거야?"

"그래, 또 피 웅덩이가 생기겠지."

미라가 진저리를 치며 말했다. 술집 이 층에는 여
전히 경도의 시체가 놓여 있었다. 총을 맞아 생긴 가
슴의 구멍에서 뭔가가 움직이고 있었다. 꼭 수많은
발을 가진 지네가 구멍에서 기어 나오는 것처럼, 가
느다란 뿌리가 수없이 뻗어 나오고 있었다. 그 뿌리
사이로 초록빛 액체가 스며 나왔다. 경도의 피부에
는 초록색 반짝거리는 것이 소용돌이쳤다. 유나는
그 냄새와 광경에 머리가 몽롱해지는 것 같았다.

세상 그 누구보다 얄밉고 싫었던 인간이 죽어 있
다. 그러나 유쾌한 기분은 아니었다. 경도가 제 부친
을 죽였을 거라는 걸 생각하자 더 기분이 이상했다.
셋째는 경도 옆에 서서 경도를 내려보며 서 있었다.
미라가 셋째를 향해 말했다.

"이봐, 이제 우리는 떠나야지."

셋째가 말없이 미라를 바라보았다.

"나는 다 알고 있어. 얘가 아직 말 안 했겠지만, 나는 당신 편이야. 우리 서둘러야 해. 정부군이 와. 사막으로 달아나서 피해야 해."

그러나 셋째는 미소 짓고는 고개를 흔들었다.

"나는 떠나지 않아요."

"당신 지금 위험하다고. 당신을 위해서 하는 말이야. 당신은 자신이 강하다고 생각하겠지만, 나는 봤어. 정부군이 가진 총은 당신네 몸을 금방 불태워. 나무는 결국 불에 타니까."

"나는 가지 않아요. 나는 여기서 자매들을 기다릴 거예요."

"자매들이 오면 어떻게 되는데?"

유나가 물었다.

"자유로워지는 거야."

"멍청한 소리, 또 그때와 똑같아. 또 저 소리… 저 어리석은 소리!"

셋째의 말에 미라가 소리를 질렀다. 그때 저 멀리서 수없이 많은 벌레가 윙윙거리며 날아오는 것 같은 소리가 들렸다. 유나와 미라는 창가로 달려갔다.

사막 저편에서 먼지바람을 일으키며 정부군 트럭과 탱크가 몰려오고 있었다.

"왜…? 어째서 벌써 오는 거지?"

미라가 중얼거렸다.

"내가 조금 일찍 오라고 했어요. 기다리기 지루해하시는 것 같아서."

셋째가 슬그머니 웃으며 말했다. 마을에 당도한 트럭에서 정부군 군인들이 끝도 없이 뛰어내렸다. 군인들은 마을 광장에 일렬로 서서 일제히 하늘을 향해 총을 쏘았다. 탄약 냄새가 술집 이 층 창가까지 났다. 정부군 우두머리는 확성기에 대고 소리쳐 자신들이 도착했음을 알렸다.

"새모이마을은 바이라마 바이러스에 점령되었다. 마을 주민들의 적극적인 협조를 요청한다. 지금 즉시 모든 마을 주민은 두 손을 올리고 천천히 집에서 나와 광장으로 모여라. 꾸물거리면 명령 불복종으로 간주한다."

그 너머로 하늘이 끝없이 푸르게 펼쳐졌다.

천국은 영원하지 않다.

그래서 나는 어제 존을 떠났나?

'천국은 영원하지 않다.'

어디서 들은 말인지 모르겠다. 영화였나, 드라마였나, 게임이었나, 만화였나. 고3 때를 생각하면 떠오르는 말이다.

시작이 어디였더라? 어디서부터 모든 것이 무너지기 시작했더라?

그걸 생각할 때마다 매번 다른 곳이 생각난다.

우리가 고3으로 올라가던 겨울방학에, 네 엄마는 교회에 완전히 빠졌고 목사와 결혼했다. 너네 엄마는 회개했다고 말했다. 너네 집 거실에는 벽을 다 채우는 커다란 유화가 걸렸다. 유화 속에는 예수가 십자가에 못 박혀 죽어가고 있었는데, 유화 속 예수의 피는 너무 붉고, 가시면류관 뒤의 후광은 너무 파랬다. 엄청나게 비싼 그림이라고 했다. 너는 고3이지만, 일요일마다 교회에 나가야 했다.

"새아버지 어때?"

너는 그를 아버지라고 부르지 않았다.

"나는 그 사람이 별로야. 그래도 엄마가 교회에 다니는 건 좋은 일일 거야. 엄마한테나 나한테나. 이제는 나도 잃어버린 물건도 좀 찾고, 올림픽도 볼 수 있겠지."

너는 아주 신중하게 단어를 골라가며 말하고는 더 말하지 않았다. 샌드위치를 열심히 베어먹었다.

고등학교 3학년 때, 우리는 다시 같은 반이 되었다. 그 첫 주 주말에 같이 영화를 보러 갔을 때, 너는 내게 앞으로 일 년간은 공부를 정말 열심히 할 거라고 했다. 나는 응원한다고 했지만, 그 말이 이제 더 이상 같이 놀지 못한다는 말 같아서 서운했다. 그렇지만 어쩔 수 없는 일이었다. 너는 제일 뒷자리 내 옆이 아니라, 다시 앞쪽에 앉았다. 평일에는 저녁 늦

게까지 학원에 다녔고, 점심시간에는 밀린 잠을 채우느라 낮잠을 잤다. 주말에도 학원에 갔고, 일요일에는 교회까지 나갔다. 시간이 있을 땐 놀러 가기보다는 집에서 쉬었다. 문자를 보내면, 제법 시간이 지나고 난 뒤에야 답이 왔다.

우리가 만날 때면, 나는 그 시간이 너무 즐거워 오싹했다. 네가 영화를 보러 가자고 할 때마다, 나는 실망했다. 같이 있을 수 있는 시간이 너무 짧아서, 나는 그저 너의 얼굴을 좀 더 보고, 네 목소리를 좀 더 듣고 싶었기 때문이다. 혼자서도 볼 수 있는 영화 따위를 굳이 너와 함께 보고 싶지 않았다. 하지만 나는 그런 말을 하지 못했고, 우리는 만나면 종종 영화를 보러 갔다. 우리는 이제 말없이 앉아 있거나 숨이 차도록 수다를 떨 시간이 없었다.

어느 날, 영화를 보고 나와서 여느 날처럼 샌드위치 가게에서 샌드위치를 베어 먹으며 너는 말했다.

"나 요즘 정신과 다녀."

너는 편안하고 즐거워 보였다. 나는 깜짝 놀랐다. 정신과는 이상한 사람들이나 가는 곳, 그게 아니라면 적어도 죽도록 괴롭고 힘들 때나 가는 곳이라고 생각했기 때문이다. 그런데 너는 은밀한 비밀을 자랑하듯이 웃으면서 말했다.

"네가? 왜?"

"요즘 스트레스가 심해서 공부에 집중이 잘 안 되고… 잠도 안 와서."

너는 그렇게 말하면서 또 웃었다. 나는 네 웃음이 마음에 들지 않았다. 그건 뭔가 알 수 없는 확신이 있는 웃음이었고, 그 비밀을 말해주지 않을 작정이면서도 은근슬쩍 흘리면서 나를 떠보는 것 같은 미소였다. 못 견디게 자랑하고 싶은데, 억지로 참는 것 같았다. 나는 궁금해하면 지는 거라고 생각하면서도, 묻지 않을 수 없었다.

"병원 다니니까 어때?"

"좋아. 나에 대해서 잘 알게 된 것 같아. 의사한테 말하니까, 마음이 편해졌어."

너는 단어 하나하나에 힘을 줘서 말했다.

"무슨 얘기를 하는데?"

"비밀이야."

내가 몇 번이고 물어도 너는 비밀이라고 했다. 너는 공부 이야기로 화제를 돌렸다. 서울에 있는 대학의 약대에 가겠다며, 공부를 정말 열심히 해야 한다고 했다.

"가능할 것 같지만, 어쩌면 점수가 아슬아슬하게 모자랄 수도 있거든."

"생물학과에 가서 식물을 연구하겠다고 했잖아."

나는 못마땅해하며 물었다.

"그것도 좋지만, 현실을 생각해야지. 약대를 졸업하면 바로 약국을 차릴 수 있대. 약국이 별로 없는 시골에 약국을 차리면, 돈도 잘 번대. 그럼 집을 나와서 바로 독립할 거야."

너는 명랑하게 말했다. 너는 예전보다 훨씬 더 편안해 보였다. 나는 네가 나와 상관없이 너무 행복해지는 것이 불안했다.

"그 병원 이름 좀 가르쳐줘."

우리는 병원 홈페이지를 함께 구경했고, 의사의 사진도 봤다. 의사는 쌍꺼풀이 진하고 어깨가 넓은 남자였고, 팔짱을 끼고 자신만만하게 웃고 있었다.

"잘생겼지? 착해."

"잘생기긴. 완전 느끼하게 생겼는데?"

"그런가? 내가 보기엔 괜찮은데."

너는 그렇게 말하면서도 눈을 반짝였다. 나는 너에게 내가 모르는 세계가 생겼다는 걸 느꼈다. 나는 그날 저녁 한 번 더 그곳을 검색했다. 거기가 인산에 하나밖에 없는, 젠더 디스포리아 상담을 제대로 하는 병원이라는 글을 보았다. 그게 뭘까. 기분이 좋지 않았다. 하지만 네가 좋다니 그걸로 된 것 아닌가?

그때쯤에는 나도 바빴다. 나는 수능을 치지 않기로 했고, 대학 졸업장 없이 할 수 있는 일들을 찾아보고 있었다. 자격증 학원에 다니고 시험 준비를 하면서 나도 할 일이 많았다. 나는 이 억압적이고 구질구질한 도시와 학교를 떠나, 구속 없이 자유롭게 숨쉬면서 살 거라고 상상했다. 네가 떠난 뒤에 혼자 이곳에 남아서, 네가 없다는 사실을 곱씹고 싶지 않았다. 나는 나대로 멀리 갈 생각이었다.

아빠의 술주정과 엄마의 성난 눈초리가 없는 곳.

모두가 다 아이돌처럼 생겨야 한다고 머저리같이

생각하지 않는 곳.

자유로운 곳. 뭔가, 뭔가, 깊은숨이 쉬어지는 곳.

평생 깊은숨을 쉬어보지 못한 나도 깊고 넓게 숨을 쉴 수 있는 어딘가가 세상에 존재할 거라고 믿었다. 그리고 학교를 졸업하고 어른이 되면 그곳에 갈 수 있을 거라고 생각했다.

나는 서울이 바로 그곳이라고 생각했다. 그렇지 않다면, 최소한 그 어딘가를 찾기 위한 출발점은 되어줄 거라고 기대했다.

그런 곳에서 살게 되면,

네가 나를 떠난다고 해도 그게 그렇게 고통스럽지 않을 것이고, 네가 옆에 없다는 것이 나를 불행의 구렁텅이로 밀어 넣지 않을 거라고, 어쩌면 더 멋진 곳으로 떠나는 너를 응원할 수도 있을 거라고 생각했다. 나도 너의 짐이 되고 싶지 않았다. 혹은 너의 짐이 될 수 있을 거라고 기대하지 않았다.

그렇게 나도 너 없이 자유로울 수 있기를 바랐다.

우리가 영화를 보러 가기로 했던 어느 날, 너는 전화해서 약속을 취소해야 한다며 울었다. 너는 약을 갑자기 못 먹게 됐다고 했다. 너네 엄마는 네 새아버지에게 네가 정신과에 다니는 걸 숨겨주겠다고 하고서는, 결국 털어놓았다. 네 새아버지는 너를 정신과에 못 다니게 했다. 네 새아버지는 네 병은 기도로 치유해야 한다고 했다. 네 엄마는 네가 무슨 말을 했는지 알아내려고 의사를 닦달했고, 병원을 뒤집어놓았다.

그 이야기를 하는 네 목소리가 희미하게 떨렸다. 나는 그것이 네게 왜 그렇게 문제가 되는지 몰랐다. 너는 그 이유를 말하지 않았다.

"공부를 못 하겠다고, 수능 끝날 때까지만 기다려달라고 해도, 안 된다는 거야."

너는 저머드는 목소리로 말했다. 그게 분노 때문인지, 겁을 먹어서인지, 전화 통화로는 알 수 없었다. 너는 당분간 외출할 수 없다고 했다.

학교에서 만난 너는 그 문제에 대해 더 이상 이야기하고 싶어 하지 않았다. 그렇게 시간이 지나갔다.

하지만 수업 시간 멀리 보이는 앞자리의 너는 늘 열심히 공부하고 있었다. 나는 수능만 끝나면 괜찮아질 거라고 생각했다. 수능만 끝나면. 대한민국의 모든 학부모와 수험생이 미쳐 돌아가는 이 계절이 끝나면.

수능이 몇 주 남지 않은 주말 저녁이었다. 집에서 혼자 게임을 하고 있는데, 너에게서 전화가 왔다. 네 목소리는 지쳐 있었고, 간신히 소리를 내는 것 같았다. 너는 내게 너네 엄마와 전화 통화를 해달라고 부탁했다. 너네 엄마가 자살할 거라고 하는데, 내가 너네 엄마에게 전화해서 우리가 연애한다고 말하면 그걸 막을 수 있다는 말이었다.

나는 그게 무슨 소리인지 알아들을 수 없었다. 너는 지친 목소리로 다시 말했다.

"그러니까, 우리가 사귄다고 좀 말해줄 수 있을까? 그러면 될 것 같아."

나는 아무 말도 할 수 없었다.

"미안해. 거짓말을 부탁해서."

"거짓말"이라는 단어가 망치처럼 내 머리를 연거푸 내리쳤다. 나는 꼼짝도 할 수 없었다. 우리가 사귀는 일은 한 번도 일어났던 적이 없었고, 그것은 거짓말이고, 영원히 사실이 될 수도 없다는 걸 그때 깨달았다.

"왜 나한테 거짓말을 하래. 나하고 상관도 없는 일에."

내 목소리는 거칠었고 화가 나서 떨렸다. 네게 그렇게 거친 목소리로 말하는 내 목소리가 너무 낯설어서, 남의 목소리 같았다.

"정말 안 될 것 같아?"

"싫어."

나는 내뱉었다. 이번에는 네가 말이 없었다.

"그래. 알았어."

잠시 뒤, 너는 담담하게 말했다. 너는 바로 전화를 끊었다. 나는 핸드폰을 내려놓지 못하고 가만히 들고 있었다. 저 먼 곳에서 뭔가 거대한 것이 바스러지는 소리가 들리는 것 같았다. 나는 계속 핸드폰을 들고 있었다. 그러면 다시 통화가 연결되어서, 금방 끊어진 얘기를 되돌려서 새로 할 수 있을 것 같았다. 한참 뒤에야 되돌릴 수 없다는 게 실감이 났다.

사건이 일어났다. 그런데 나는 그게 뭔지 몰랐다. 심장이 쿵쾅거리는 소리가 너무 컸다. 나는 침대에 주저앉아서 생각했다. 내일 아침 일찍 학교에 가서 너에게 무슨 일인지 물어봐야겠다. 그리고 네가 시키는 대로, 네 엄마에게 전화해서 무슨 말이든 해야겠다. 그렇게 생각했다.

다음 날 희뿌연 새벽, 아무도 없는 학교에 나는 도착했다. 마음을 졸이며 네 자리를 내내 지켜봤지만, 너는 그날 학교에 나오지 않았다. 그다음 날에도, 그 다음다음 날에도 너는 학교에 나오지 않았다. 너는 끝내 수능을 치지 않았고, 졸업식에도 나오지 않았다. 전화는 늘 꺼져 있었다. 얼마 지나지 않아, 네 전화번호는 결번이 되었고 네 모든 SNS 계정이 삭제되었다.

네가 없는 졸업식장에서 찍은 내 사진이 여기 있다. 싸구려 꽃다발을 들고서 웃지도 않고 카메라를 응시하는 내 표정은 냉혹하다. 세상을 물어뜯을 것 같다. 사납고 맹렬하고 못돼 보인다. 남자 같고 괴물 같다.

나는 졸업하고 운 좋게 좋은 조건으로 서울에서 취직했다. 그동안의 불운을 모두 만회할 만큼 운이 좋았다는 걸, 회사에 들어간 다음에 알았다. 하지만 운이 너무 좋은 것도 문제였다. 회사에 적응하고 버텨야 한다는 압박감이 심했다. 다른 직원들은 모두 나보다 잘난 인간들이었다. 다들 대졸에 서울 출신이었고, 세련되고 여유로워 보였고, 다들 비슷비슷하게 닮았다. 남자건, 여자건 자기들끼리는 아주 친하고 농담도 많이 하면서, 내게는 쌀쌀맞게 굴었다. 나는 내내 허둥댔다. 처음 자취를 시작하니, 돈 들어갈 곳은 끝없이 많았다. 한 푼도 저축을 못 했고, 회사에서는 겉돌았다. 어떻게든 끼어들고 살아남겠다고 마음먹었지만, 도대체 어떻게? 여자 직원들은 화사하고 세련되게 화장하고 원피스를 입고 다녔다. 나는 내가 내내 겉도는 것이 내 외모가 너무 남자 같기 때문이라고 생각하게 되었다. 너와 있었던 바보 같은 일을 생각하면, 더 그런 생각이 들었다. 나는 언젠가 너와 마주치게 된다면, 그때는 너보다 더 사회에 잘 적응하고 잘 살아남은 모습이었으면 했다. 하지만 이 빌어먹을 회사에서 노력이나 실력 같은 건 아무 의미도 없었다. 내가 하는 일 중에 중요하거나 어려운 일은 없었다. 일은 원숭이라도 할 수 있을 것 같았고, 내 자리는 그저 사람들 사이에 잘 스며들고 눈에 띄는 실수만 하지 않으면 그만인 자리였다. 일 잘하고 유능하다는 말을 듣는 사람들은, 진짜 일을 잘한다기보다는 스리슬쩍 끼어들어 눈에 안 띄게 자기 밥그릇을 챙기면서도 얄밉지 않게 남의 비위를 잘 맞추는 인간들이었다. 그렇게 되려면 사람들에게 호감을 사야 할 것 같았다. 내 문제는 외모라고 생각했다. 나는 화장과 코디, 머리 모양, 체형 분석 등 유튜브의 온갖 미용 관련 채널들을 구독했다. 아침마다 새벽에 일어나 거기서 시키는 대로 화장을 하고 머리를 하고 출근했다. 화장품과 옷을 사느라, 돈은 날아가듯이 사라졌다.

하지만 내가 노력할수록, 거울 속 내 모습은 점점 더 마음에 안 들었다. 오히려 비슷하게 옷을 입고 화장을 하니, 내가 다른 여자들과 다르게 생겼다는 것만 더 눈에 띄었다. 아침저녁 출퇴근길에는 지하철역의 성형외과 광고만 보였다. 부드럽고 희고 작은 얼굴을 가진 여자들은 눈이 크고 코 모양은 세련되었고 몸에는 곡선이 흘렀다. 지금도 눈에 보이는 것 같다. 그 여자들이 입은 매끄럽게 흐르는 옷과 빛나는 피부. 그 여자들의 축축한 목소리가 내게 말을 거는 듯했다. 언젠가부터는 그 목소리가 내 뼈를 타고 흐르는 것 같았다.

"*** 너도, &&& 너도, $$$ 너도, %%%%???!!!!"

알아들을 수 없어서, 더 뿌리칠 수도 없었던 그 말들 말이다.

그 해가 가기 전에 나는 각진 얼굴을 부드럽게 만드는 수술을 예약했다. 수술비는 큰돈이었고 수술을 받다 죽을지도 모른다고 했지만, 해야겠다고 생각했다. 성공한다면? 나도 부드럽고 여성미 넘치는

얼굴을 가질 수 있었다. 실패한다면? 죽을지도 몰랐다. 하지만 나도 이제는 남들처럼 살고 싶었다. 수술비는 비쌌다. 36개월 할부로 계산하면서 할부가 끝날 때까지 회사를 그만두지 못하겠다고 생각했다. 하지만 상관없었다. 왜 그만두겠나? 이렇게 해서라도 살아남으려는 곳인데.

수술을 예약하고 나서는 그냥 최대한 빨리 그날이 왔으면 했는데, 예약이 밀려서 몇 달을 기다려야 했다. 아니, 하다가 죽을지도 모르는데, 천만 원이 든다는데, 그걸 하겠다는 여자들이 이렇게나 많다고? 나야 정말 이 얼굴로는 살 수가 없어서 한다지만, 왜들 그러는 걸까. 수술을 예약한 뒤 출퇴근할 때마다 지하철 유리에 비친 내 얼굴을 내내 봤다. 이런 수술까지 해야 할 만큼, 그렇게 미운 얼굴인가? 꼭 그렇지는 않은 것 같았다. 하지만 세상이 밉다고 하는 얼굴이었다. 나도 세상이 미웠다. 그러니까 서로 비긴 거 아니야? 그걸로 된 거 아니야? 아니야. 그런 정신 승리 지겨워. 계속 그런 식으로는 못 살아. 수술을 앞두니, 애써 안 하려고 했던 네 생각도 많이 났다. 네가 내 옆에 있다면, 나도 이런 수술을 안 할 텐데. 나는 너도 미웠다.

수술을 며칠 앞두고 모르는 번호로 문자가 왔다. 너였다. 나는 여전히 네 연락에 설레면서도, 그런 내가 싫었다.

우리는 종로에 있는 카페에서 만났다. 고등학교를 졸업한 지 이 년 만이었다. 네가 약속 장소를 골랐다. 너는 그 근처를 잘 아는 것 같았다. 카페 소파에 기대앉은 너는 예전보다 훨씬 더 편안하고 세련되어 보였고, 세상에 제법 익숙해진 듯했다. 예전에 네가 사라진 이후 나 혼자 막연하게 네가 게이일 거라고 짐작했던 생각이 맞는 것 같았다. 우아하게 웨이브를 넣은 머리 모양, 연하게 화장한 얼굴, 블라우스와 통 넓은 바지, 손짓과 목소리는 다른 남자들과 완전히 달랐다. 예전에 항상 긴장하고 있던 모습, 모든 개성을 탈각시키려고 애쓰던 창백하리만큼 무성적이던 모습과도 달랐다. 너는 어딘가 슬퍼 보이기도 했지만, 그래도 좀 더 편하고 행복해 보였다. 너는 대학에 가지 않았고, 미용 기술을 배우고 있다고 했고, 그 일이 좋다고 했다.

나는 그날의 네 모습이 싫었다. 예전에 내가 사랑하던 네 모습, 늘 긴장해서 깨질 것 같고 날 서 있던, 그 예민하고 까칠한 모습이 사라진 게 싫었다. 나는 네가 망가졌다고 생각했다. 그리고 그런 네 앞에서 여전히 서툴고 너보다 남자 같은 나도 싫었다. 수술이 끝나고 만났더라면 얼마나 좋았을까.

나는 네게 말했다. 제발 집으로 돌아가라, 똑똑한 애가 왜 이러냐, 수능을 쳐라. 네 엄마와 새아버지가 아무리 싫어도 사 년만 참고, 대학 등록금을 받아라. 차라리 군대라도 가라. 군대를 갔다 오면, 모든 게 달라질지도 모른다. 그래, 군대 갔다 와서 생각해라.

너는 내내 아무 말도 하지 않다가, 굳은 얼굴로 말했다.

"나는 내가 원하는 인생을 선택할 자유가 없니?"

그 말에 화가 났다. 하지만 뭐라고 할 말을 찾을 수가 없어서 입을 다물었다. 그 뒤 대화는 내내 겉돌았다. 우리는 서둘러 차를 마시고 자리에서 일어났다. 네가 술 한잔하겠냐고 물었지만, 나는 고개를 흔들었다.

그리고 며칠 뒤 나는 수술을 받았다. 수술대에서 시야가 흐려지는 걸 느끼며 생각했다. 이제는 남자 같다는 말 좀 그만 들었으면,

그냥, 이제 다들 좀 닥쳤으면,

지금껏 줄창 떠들었으니, 그만 지껄이고 그 입 좀 다물었으면,

아래위로 훑어보는 그 눈알도 좀 돌렸으면,

입으로는 감히 하지 못해 눈으로 대신 하는 그 말 들도 제발 좀 닥치라고,

생각했던 게 다였다.

그런데 수술이 실패했다.

병원에서는 부기가 가라앉으면 좋아질 거라고 했 다. 하지만 일 년이 지나 부기가 가라앉아도 얼굴은 그대로였다. 인터넷 성형 카페에 후기를 올렸더니, 병원에서는 내용증명을 보냈다. 후기를 지우지 않 으면, 명예훼손으로 고소할 것이고 만약 매출이 줄

어들면 거기에 대해 손해배상도 요구하겠다고 했다. 한참을 싸우다 위로금이랍시고 알량한 돈을 몇 푼 받았다. 다른 병원에서 재수술했고, 얼굴의 밸런스를 맞추면 나아질 거라고 해서 다른 곳도 몇 군데 더 수술했다. 그래서 내 얼굴은 나아졌나? 나를 수술한 의사들은 모두가 다 전보다 낫다고 했다. 하지만 내 눈에는 더 이상해 보였다. 나는 예전의 내 얼굴과 아주 다른 얼굴을 가지게 됐다. 나는 이제 웃지 않는다. 누가 웃는 얼굴이 더 이상하다고 말하는 걸 들었기 때문이다.

나는 사람들이 내 뒤에서 뭐라고 하는지 알고 싶어 한 적이 없다. 단지 그날 탕비실에 가는 타이밍을 잘못 잡았을 뿐이다. 탕비실에서 직원들이 이야기하고 있었다.

"어떻게 자기 얼굴을 저렇게 만들지? 얼굴에 돈을 얼마나 쓴 거야. 집에 돈이 많나 봐."

"완전히 괴물 같지 않아요? 성형 중독인가 봐요. 진짜 끔찍하다. 내가 저 얼굴이었으면 자살했을 거예요."

"입사할 때만 해도 안 저랬던 것 같은데…. 그렇게 예뻐지고 싶었나? 저게 다 내면에 자신감이 없어서 그래. 사람이 속을 먼저 채워야지. 속을 먼저 명품으로 만들면 저런 식으로 자기 꾀에 넘어가는 일이 없어."

"요즘 애들한테 그런 말 안 통해요."

나는 말하고 싶었다.

나는 한 번도 돈이 많았던 적이 없어.

성형에 중독된 적도 없어.

나도 꼭 자신감이 없었던 건 아니야.

나도 꼭 살고 싶어서 사는 건 아니야.

하지만 그들의 귀에는 내가 아니라 내 얼굴이 이미 내 모든 진실을 말했다. 그들에게는 그것만으로 충분했기에, 내 얘기를 들을 필요가 없었다. 그들은 이미 내 모든 것을 알고 있었다.

나도 거울을 보면, 이제 그들과 같은 것을 봤다.

내 얼굴에는 이상한 얼룩이 심하게 남았다. 어떤 실패한 욕망 같은 거. 내가 뭘 욕망했고, 그것이 실패했다는 흔적이 남았는데, 그게 참 그래.

수술 뒤로 네 말이 자주 생각났다.

"나는 내가 원하는 인생을 선택할 자유가 없니?"

그 말을 생각할 때마다 화가 났다. 선택할 자유가 없냐고?

있겠니?

내 꼴을 봐라, 내 꼴을.

다들 그저 살아남기 위해서 발버둥 치고 있다. 평생 그렇게 살아도 운이 없으면 늘그막에 박스나 줍게 된다. 우리 동네에는 밤낮으로 박스를 줍는 노인들이 가득하다. 다들 평생 고분고분 숨죽이고 살았을 텐데, 알아주는 사람은 하나도 없다. 그 노인들의 말 따위 들어줄 사람은 어디에도 없다. 들어주겠다는 사람이 없어도 무슨 말을 꼭 해야겠다면 태극기를 들고 등에 가스통이라도 짊어져야 할 거다. 아니, 우리는 좆도 없고 가스통도 없으니까 거기서도 가스통을 짊어진 영감들 뒤에 서서 박수나 치게 되겠지, 우리는.

그게 싫으면 말이야,
그게 싫으면,

어떻게 해야 하나.

모르겠다.

나는 수술비 할부가 끝날 때까지 간신히 버티다가 퇴사했다. 나는 그걸 견뎠다. 스스로 대견하다고 생각했다. 퇴사하면서 다시는 회사 생활을 못 할 거라는 걸 알았다. 그래서 자영업을 준비했다. 얼마 안 되는 자본금으로 할 수 있을 것 같아서 쇼핑몰을 차렸다. 오프라인 매장이 있으면 홍보에 도움이 된다고 해서, 없는 돈을 쪼개 시장에 가게도 열었다. 손님은 없다.

나는 괴물을 기다린다. 아, 누가 이 세상 좀 쪼개 줬으면. 이제 다 끝났다, 라고 말해줬으면.

〈초록빛 모자를 쓴 여자〉 3화를 오늘 오후에 다 읽었다. 더는 읽고 싶지 않았다. 네가 쓴 건 아닐 테지만, 그래도 더 읽으면 기분이 아주 더러워질 것 같다. 그런데 자꾸 생각난다. 옛날 생각도 난다. 결국 가게 문을 닫고 우리가 졸업한 고등학교에 갔다. 영업시간 중에 문을 닫은 건 또 처음이다. 이게 다 그 소설 때문이다. 뒷맛이 아주 더러운 소설이다. 짜증이 난다.

방학 중인 학교의 운동장은 텅 비어 있었다. 이제 인산은 인구가 점점 줄어들어서 학생 수도 얼마 되지 않는다고 한다. 나는 운동장 스탠드에 앉아 텅 빈 운동장을 한참 바라보았다. 학교 운동장에는 잡초가 무성하게 뿌리를 내렸다. 희미한 가로등 아래, 잡초들이 반짝였다.

잡초가 운동장을 넘어 학교 건물로 뿌리를 뻗고, 도시 전체로 뻗어나가, 곳곳에서 꿈틀거리며 자라나는 광경이 보일 것 같았다.

식물이 모든 공간을 잠식하고 뿌리를 내린다. 세상을 뒤덮는다. 시멘트에 깔린 풀이 울부짖는다. 풀이 울부짖다가 몸부림을 치자 시멘트가 터지고, 건물이 해일처럼 공중에서 폭발한다.

그리고 누가 속삭인다.

*** 너도, &&& 너도, $$$ 너도, %%%%???!!!! 나는 내가 원하는 인생을 선택할 자유가 없니? *** 너도, &&& 너도, $$$ 너도, %%%%???!!!! 내 꼴을 봐라, 내 꼴을. *** 너도, &&& 너도, $$$ 너도, %%%%???!!!! *** 너도, &&& 너도, $$$ 너도, %%%%???!!!! @%$^&89!%^!$%ㅓ안ㄹ9ㅎ12ㅜㅡㅈ????!!!!!

그래, 완규야. 네가 맞았어. 나는 괴물이야. 그런데 힘이 없는 괴물이네. 나는 혼자 운동장을 바라보며 맥주를 마시면서 흐흐 웃었다. 한참 웃다가 무릎에 얼굴을 묻고 울었다. 나는 괴물이다. 그게 전부다. 슬프고 부끄럽다. 하지만 한 여자가 괴물이 되는 일은 내가 처음이 아니고, 마지막도 아닐 것이다. 아프다. 그렇지만 나는 살아남을 것이다. 결국 자살은 안 할 테니까. 나는 영영 삶 속에 내동댕이쳐진 채 이대로 남아 있을 것이다.

그래도 나는 네가 보고 싶다. 그래도 나는 네게 물어보고 싶다.

미용 일은 여전히 재밌니?

돈은 좀 벌었니?

이 미친 세상에서 사랑하는 사람은 찾았니?

아직도 괴물을 좋아하니?

네게 묻고 싶은 것들을 생각하면서, 나는 가게로 돌아왔다. 호주머니에 손을 꽂고 구부정한 자세로 비틀거리면서 돌아오는 내 모습이 쇼윈도에 비치자, 꼭 집이 없는 사람 같았다. 내 가게 앞에는 고깃집 사장이 또 차를 대놓았다. 내가 고깃집으로 가 안쪽을 째려보자, 사장은 허둥거리며 나와서 차를 뺐다. 차 빼는 걸 기다리고 있자니, 저 멀리서 늘 할머니와 같이 다니던 늙은 개가 혼자 헤매는 게 보였다. 고깃집 사장이 내 옆에 와서 괜히 눈치를 보며 묻지도 않은 이야기를 주절거렸다. 고깃집 사장은 그 할머니가 죽었다고 혀를 찼다.

"장례식도 벌써 했다네. 그런데 자식들이 개는 안 데려간대. 아파트 살아서 개를 키울 수가 없대."

"그래요?"

그리고 생각했다. 그런 얘기를 왜 나한테 해? 누가 물어봤어?

나는 개 쪽을 쳐다보지 않으려고 애쓰면서 가게 문을 닫았다. 개가 내 쪽으로 왔다. 개는 킁킁거리다가 두리번거렸다. 할머니를 찾고 있는 모양이었다. 나는 서둘러 돌아섰다. 개가 더 가까이 오기 전에 얼른 집에 가고 싶었다. 술이 깨니까 춥고 머리가 아팠다. 씨발, 존나 죽고 싶은 날이네.

고개를 돌리니, 고깃집 텔레비전에서는 북유럽

어느 나라의 총기 난사 사건에 대한 보도가 흘러나오고 있었다. 한 달 전 있었던 사건인데 이번에 범인이 잡혔다고 했다. 범인의 머그샷이 클로즈업되었고, 당시 현장이 화면에 비쳤다. 무슨 게이 바 비슷한 곳이 공격받았는데, 주변 가게들까지 다 부서지고 깨져서 거리는 엉망이 되었다. 깨진 유리 조각들이 낭자했다. 피해자의 유족들과 당시 현장에 있던 사람들이 울부짖으며 인터뷰했다. 열아홉 명이 죽었다고 했다. 사망자 중에 한국계 이민자도 한 명 있다고 했다. 나와 상관없는 사건이라고 생각했다.

【초록빛 모자를 쓴 여자】
4화
그러니까, 내 손을 잡아달라는 말이야

정부군 우두머리의 일갈에, 마을 사람들이 하나
둘씩 마을 광장에 모여들었다. 하나같이 당황하고
겁먹은 얼굴들이었다. 속옷 차림의 남자, 아기를 업
은 노인, 어리둥절한 표정의 아이들이 손을 머리 위
로 올리고 나왔다. 아이가 울음을 터트리자, 같이 나
온 남자가 아이의 입을 틀어막았다. 군인들은 밖으
로 나온 마을 사람들을 바닥에 머리를 대고 엎드리
게 했다. 한 노인이 주저하며 주위를 두리번거리다
총개머리로 얻어맞았다. 몇몇은 제 가족과 부둥켜
안았다. 정부군은 마을의 집을 하나씩 수색하며, 숨
어 있던 사람들을 끌고 나왔다.

모조리 끌어낸 뒤에는 총구로 위협해 구덩이를
파도록 시켰다. 마을 사람들은 영문을 모른 채 허리

를 숙이고 집에서 가지고 나온 삽과 통 따위를 휘둘러 땅을 팠다. 햇살이 뜨거웠다.

구덩이를 팔 수 없는 노인과 아이들은 구석에 모여 있었다. 이장의 아내는 노인과 아이들 사이에 흐트러진 백발을 하고 앉아 있었다. 이장의 아내는 하늘 저쪽을 뚫어지게 응시했다. 그의 시선이 닿은 곳에는 쩡 하고 얼어붙은 시퍼런 하늘이 도사리고 있었다.

◆

형식은 자신의 술집 앞에서 그 모습을 구경했다. 형식은 헬멧을 쓰고 장갑에 손가락을 끝까지 밀어넣었다. 술집에 들어갈 준비를 마친 참이었다. 기분이 아주 좋았다. 초소에 가려면 한참 더 걸릴 줄 알았는데, 정부군 탱크와 지프는 이미 새모이마을로 오고 있었다. 정부군은 이장과 형식의 신고를 이미 접수했다고 했다. 형식은 이장이 연락했을 거라고 생각했다. '그 양반이 나쁜 양반은 아니었어.' 형식은 흐뭇하게 생각했다. 정부군은 형식에게 최신 대바이라마 전투용으로 개조한 전투복과 무기를 지급했다. 형식은 정부군 행렬을 빠져나와 술집으로 왔다. 최초의 바이라마인 셋째를 잡아서 현상금을 받을 요량이었다. 7연발 기관총과 대바이라마용 헬멧으로 무장한 덕에 마음이 든든했다.

술집 문은 열려 있었다. 창문으로 아침 햇살이 쏟아져 홀은 환했다. 떠돌이 여자는 혼자 창밖을 바라보며 서 있었다. 미라와 유나는 벌써 어딘가로 튀었을 것이다. 그래봤자 죽은 목숨이었다. 정부군이 그 멍청한 여자들을 놓칠 리가 만무하다. 그것들이 형식의 등에 붙어서 얼마나 오래 피를 빨았나! 형식은 소리를 내지 않고 홀 안으로 진입하는 데 성공했다. 빛나는 초록색 가루가 공중에 느슨하게 떠다니고 있었다. 떠돌이 여자는 돌아보지 않았다. 공중의 가루가 천천히 형식과 여자에게 내려앉았다.

형식은 여자의 침착함에 당황했다. 전투복이 푹 젖은 것처럼 축축하고 무겁고, 등 저 아래쪽이 근질거렸다. 속에서 역한 것이 올라와 구토가 치밀었다.

눈앞이 뿌예졌다. 형식은 계획과 달리 바로 총을 쏘지 못하고 망설였다. 여자를 쏘기가 힘들었다. 그는 여자에게 오래된 친밀감을 느꼈고 자신이 그 여자를 오래전부터 잘 알고 있었다는 생각이 들었다. 그것이 사실이 아님을 알면서도 형식은 혼란스러웠다. 이제껏 살면서 느껴본 적 없는 깊은 슬픔과 그리움이 엄습해 왔다. 그 감정에 맞서 방어할 수 없었다.

형식은 고개를 흔들고 눈을 깜박이며 정신을 차리려고 했다. 이것이 감염인가? 형식은 침을 삼켰다. 감염되었더라도 지금은 쏘아야 했다. 방아쇠를 당겨야 했다. 그러나 손가락에 힘이 들어가지 않았다.

다음 순간 떠돌이 여자가 고개 돌려 형식을 바라보며 미소 지었다.

형식은 떠돌이 여자의 입이 기이할 정도로 커지는 것을 바라보았다. 여자의 손이 약간 움직인 것 같기도 했다. 여자는 어느새 형식의 바로 앞에 서 있었다. 여자의 손이 형식의 턱을 부드럽게 건드렸다. 형식은 피부가 서서히 사라지는 것처럼 외부의 촉감이 사라지는 걸 느꼈다. 피부가 벗겨져서 그것이 붙들어놓고 있던 살과 내장이 튀어나올 것만 같았다. 몸속 꼬리뼈 쪽에 뭔가가 들러붙은 게 느껴졌다. 그것이 척추를 타고 올라오려고 들었고, 척추가 타들어가듯 뜨거워졌다. 비릿한 피비린내가 났고 속삭이고 울부짖는 소리가 들렸다 멀어지기를 반복했다. 형식은 자신이 여기서 달아날 수 없다는 걸 깨달았다. 여자는 자신의 포식자였다. 형식은 까마득한 현기증을 느끼며 자신이 살아온 역사가 꿈처럼 다가오는 것을 보았다. 잠시 후 형식의 안에서 뭔가가 번득였다. 알 수 없는 제각각의 충동들이 폭발했다. 그리고 고통이 시작되었다. 세 번? 아니, 네 번쯤 형식은 고통 때문에 기절했다가 깨어나기를 반복했다.

마지막으로 고통의 파고가 최고점을 찍는 순간, 형식의 얼굴에는 미소가 떠올랐다. 다음 순간 형식은 눈을 뜬 채로 숨이 멎었다. 셋째가 부드러운 손길로 형식의 눈을 감겼다.

"조금만 더 기다려줘, 자매."

미라와 유나는 이 층의 구멍을 통해, 형식이 죽어가는 모습을 보았다. 겉보기에 형식은 저 혼자 무릎을 꿇더니 갑자기 죽어버린 것 같았다. 형식이 죽자, 셋째는 밖으로 나갔다. 마을 광장에서 총소리와 고함 소리가 들려왔지만, 술집은 고요했다. 어디선가 반짝이는 초록색 가루들이 날아와 끊임없이 가라앉는 것 말고는 아무것도 움직이지 않았다. 광장에서 들려오는 마을 사람들의 비명 소리와 군인들의 고함 소리가 점점 더 커졌다. 미라는 몸을 일으키며 유나를 보고 말했다.

"어서 일어나. 마을을 빠져나가야 돼. 떠돌이 여자가 안 간다면 우리끼리라도 가야 해."

미라는 홀로 내려갔다. 빛나는 초록빛 가루가 형식의 시체를 완전히 덮고 있어서 마치 형식이 초록색으로 빛나는 것처럼 보였다. 미라는 형식의 시체를 힘껏 걷어찼다.

"더러운 새끼, 꼴 좋다."

시체가 굴러가자, 빛나는 가루가 시체에서 날아올라 주변을 밝혔다가 천천히 가라앉았다. 홀 곳곳이 푸르게 빛나고 있었다. 천장은 아예 전체가 다 푸르스름하게 발광했다. 문은 이끼 같은 보드랍고 축축한 것으로 덮여 있어 열리지 않았다. 그 이끼 같은 것은 쉽게 뜯어지지도 않았다. 미라가 힘껏 잡아 뜯자, 벽에 박힌 뿌리까지 떨어져 나왔다. 벽에는 구멍이 생겼다. 손이 뜨겁고 따가워져 미라는 손에 잡은 것을 털어내고 옷에 손가락을 문질러 닦았다. 손가락 끝의 저릿한 감각이 온몸으로 번져갔다. 몸에 경련이 일었다.

다음 순간 미라는 낯선 곳에 와 있었다. 거대한 나무로 이루어진 숲속이었다. 나무의 뿌리와 가지들이 서로 연결되어서 그것이 한 그루인지 또는 여러 그루인지 알 수 없었다. 미라는 그 나무가 뿜어대는 진한 냄새와 공기의 다른 질감에 어리둥절했다. 주변을 한참 둘러본 끝에, 미라는 자신이 여전히 술집홀에 있다는 걸 알 수 있었다. 그러나 그곳은 이 이상한 나무에 점령되어 있었다. 나무는 가지를 뻗어 건물의 벽과 천장을 뚫었다. 송곳에 뚫린 종이처럼 시멘트벽은 연약했다. 마치 나무의 들숨과 날숨처럼 차갑고 축축한 바람이 사방에서 불었다. 마을 사람들은 몸의 절반이 그 나무 속에 묻힌 채였고 일부만 바깥에 나와 있었다. 유나와 형식, 이장, 마을 사람들까지 모두가 다 거기 있었다. 그들은 눈을 뜬 채 의식 없이 나무 속에 박혀 있었다. 그들 사이에 미라 자신도 입을 벌리고 의식 없이 사지를 나무 속에 파묻고 있었다. 그 얼굴은 고통도 두려움도 아니고 기쁨도 즐거움도 아닌 기묘한 표정을 짓고 있었다. 모두가 마치 한 그루 나무가 된 것처럼 하나의 감정, 하나의 생각을 가지고 있었다. 미라는 그것이 기분 나빠서 속이 뒤틀렸다. 모두와 함께 들러붙어 있는 그 기분은 뭐라 말할 수 없이 끔찍했다.

미라는 비틀거리면서도 멈추지 않고 밖으로 걸어나갔다. 미라는 걸으면서 구토했다. 뱃속에서 소화되다 만 음식과 위액이 튀어나왔다. 온몸이 자신에게 격렬하게 저항했다. 시큼한 토사물 냄새가 기억을 깨웠다. 미라가 뜯어낸 그 이끼 조각이 토사물 속에서 시들어갔다. 미라는 알고 싶지 않았던 것을 알아차렸다. 미라는 주변을 다시 돌아보았다. 이제야 모든 것을 알 수 있었다.

유나가 미라를 불렀다.

"미라, 왜 그래? 무슨 일이야?"

유나를 돌아보며, 미라는 커다랗게 웃었다.

"우리는 왜 이렇게 먼 길을 헤매면서 돌아온 걸까. 죽음과 삶이 이렇게나 지척인데. 자유라니… 왜 모두 자유를 바랄까. 이렇게 무섭고 공허한 것을."

그 웃음은 상쾌했는지도 모르겠다. 유나는 마을에 있던 시절 미라의 웃음을 떠올렸다. 미라는 형식의 총을 들어 자신의 관자놀이를 겨냥하고는 유나를 향해 한 번 더 헛헛하게 웃었다. 그리고 발사했다. 탕.

"미라…."

미라의 웃음 위로 초록색 가루가 부드럽게 쌓였다. 유나는 미라의 머리카락을 쓰다듬었다. 굵게 주름진 미라의 거친 얼굴이 초록빛 가루에 휩싸여 밝게 빛났다. 유나는 목이 메었다. 미라가 죽는 게 이렇게 슬플 줄 몰랐다. 어느새 창 너머로 군인들이 술집이 있는 언덕 아래쪽으로 몰려오는 게 보였다. 유나는 심호흡하고 미라의 손에서 총을 빼내 장전했다. 죽더라도 가만히 앉아서 죽지는 않을 것이다. 유나는 건물의 문을 잠그고, 술집 테이블들을 모두 그 앞에 쌓아두었다. 그리고 이 층으로 올라가 자신의 방에 숨었다. 잠시 뒤, 문이 부서지는 소리, 군인들이 이 층으로 뛰어 올라오는 소리가 들렸다. 유나의 방문이 열리고 정부군 군복의 얼룩무늬가 문 앞에 어른거리자, 유나는 바로 방아쇠를 쥔 손에 힘을 줬다.

그때 뭔가가 날짐승처럼 문 앞으로 튀어나왔다. 복도에 숨어 있던 셋째가 정부군 군인의 목덜미를 물어뜯었다. 셋째의 얼굴 가운데 입은 텅 비어 있었고, 셋째의 입속에 들어간 군인의 목덜미는 다른 공간으로 넘어간 것처럼 사라졌다. 문으로 들어오려던 군인이 쓰러지자, 셋째는 그 시체를 안으로 끌어들였다. 셋째가 시체에 손을 대자, 시체는 빠른 속도로 부패하기 시작했다. 강렬한 단내를 풍기며 부풀어 올랐고, 입과 코, 귀와 상처에서는 초록빛 가루가 빛을 발하며 날아올랐다. 시체 위로 작은 싹이 무수히 돋아났다. 그 싹은 빠르게 자라나 줄기를 이루었고, 줄기는 제 꼬리를 물고 있는 뱀처럼 소용돌이치며 시체를 칭칭 감았다. 시체가 알아볼 수 없을 만큼 줄기에 휘감기자, 줄기는 뱀으로 이루어진 바다처럼 넘실거리며 사방으로 뻗어갔다. 줄기의 한끝이 문에 닿았고, 이내 줄기가 문을 감아서 막아버렸다. 모든 것이 순식간에 이루어졌다.

뒤이어 도착한 군인들이 밖에서 문을 향해 일제히 사격했다. 총에 맞을 때마다 줄기는 꿈틀거렸고 끊어져 바닥으로 떨어졌다. 시체에서 다시 줄기가 뻗어 나와 그 구멍을 메웠지만, 결국 문을 메우던 줄기가 일제히 바닥으로 떨어졌고 군인들은 문 안으로 들이닥쳤다. 셋째는 문 앞으로 뛰어나가, 마치 개처럼 으르렁거리며 포효했다. 그러자 바닥에 떨어졌던 줄기들이 꿈틀거리며 다시 위로 오르기 시작했다. 쓰러진 시체들의 피부가 나무껍질처럼 변했다. 문은 줄기와 덩굴들로 닫혔다. 밖에서 군인들이 다시 일제히 사격을 시작했지만, 이제는 그 소리마저 희미하게 들렸다. 초록빛 발광성 가루가 줄기와 덩굴들 위로 피어올랐다. 초록빛 가루로 이루어진 안개가 방을 채웠다. 유나 위로도 가루가 두껍게 쌓였다. 유나는 앞이 잘 보이지 않았다. 초록빛 안개 너머로 모든 게 희미하게 보였다. 셋째의 얼굴도 희미했다. 셋째는 이제는 힘이 빠진 짐승처럼 헐떡이고 있었다. 유나는 셋째를 알아볼 수 있었다.

"너지? 너구나. 네가 돌아왔구나. 네가 돌아왔어."

유나는 셋째를 끌어안았다. 셋째는 유나를 찾아왔다가 죽은, 그 이름도 몰랐던 개였다. 왼손을 맞잡은 오른손처럼, 유나는 자신의 팔 안에 안긴 셋째의 몸을 마치 자기 몸처럼 느꼈다. 어린 시절 뛰어놀던 어느 오후의 기억이 문득 선명하게 되살아나는 것처럼, 셋째의 기억이 유나의 기억 위로 포개졌다.

정부군 군견으로 바이라마 토벌 작전에 동원된 어린 개 한 마리가 있었다. 한 배에서 태어난 새끼

중에 세 번째로 덩치가 커서 개의 이름은 그저 셋째였다. 셋째는 젖을 떼기도 전에 어미 개에게서 떨어져 정부군에 끌려갔다. 그때 그 새파랗던 두려움과 절망감을 유나는 이제 안다. 개는 군견으로 길러지면서 분노와 공포를 배웠다. 셋째는 수원의 바이라마 진압 작전에 투입되었지만, 정부군은 패했다. 개는 바이라마 바이러스에 감염되어 바이라마가 되었다. 개는 자기 안에서 낯선 존재를 만났다. 낯선 존재에게 잠식된 당혹감과 서러움을 안고 개는 홀로 사막을 건넜다. 아니, 그 개는 더 이상 혼자가 아니었다. 개 안에는 개의 두려움과 절망감에 같이 젖은 자매가 함께했다.

지구인들이 바이라마 바이러스라고 불렀던 생명체가 자매였다. 자매들은 지구에서 멀리 떨어진 행성에서 진화했다. 그들은 지구의 생명체와 완전히 달랐다. 식물, 동물, 세균 중 어느 것도 아니면서, 이 셋을 나름대로 닮기도 했다. 자매들은 그들의 행성에서 세균처럼 동물에 침투해서 동물을 숙주 삼아서 성장했다. 성장기의 자매는 숙주의 기억을 공유

하면서 숙주에 동화되어 그 동물이 된 양 살았다. 숙주와 자매는 서로의 일부나 마찬가지였다. 자매는 그 행성의 다른 동물들과 함께 공진화했다. 자매들은 핵전쟁으로 황폐해진 지구에 도달했지만, 지구 생명체들은 자매들과 너무 달랐다. 소수의 자매만이 살아남았다. 지구 생명체에 동화된 자매들은 지구 생명체의 경험과 기억을 아우르게 되었다. 그러나 그 대가로 자매들은 매우 불안정해졌다.

셋째는 사막을 건너면서 수많은 다른 자매의 이동 수단 노릇을 했다. 셋째 몸의 진드기와 벼룩, 기생충, 박테리아는 각각 다른 자매들과 동화된 바이라마들이었다. 마을 사람들은 셋째를 잡아먹고 바이라마가 되었다. 그 뒤 정부군에게 발각되어 한꺼번에 총살되었다.

"맞아, 나는 정부군 총에 맞아 죽었어."

유나는 총에 맞았을 때 느꼈던 뜨거움과 분함이 되살아나는 것 같았다.

"이건 다 뭐지? 여기는 지옥인가?"

셋째는 고개를 가로저었다.

◆

마을 사람들이 구덩이를 다 파자 군인들은 총구로 위협하며 한 명씩 구덩이로 뛰어들라고 했다. 사람들은 그제야 어떻게 해도 죽음을 피할 수 없다는 걸 알아차리고 반항하기 시작했다. 마을 사람들은 구덩이에서 빠져나와 달아났다. 구덩이 가장 가까이 서 있던 군인이 제일 먼저 구덩이를 빠져나온 남자에게 총을 쏘았다. 남자는 그대로 비틀거리며 쓰러졌다. 남자가 쓰러지기 전에, 하늘을 향해 손을 뻗었다. 빠져나가려던 마을 사람들은 겁에 질려 멈춰섰다. 군인들은 마을 주민들에게 한 명씩 구덩이 속으로 뛰어들라고 명령했다.

이장의 아내는 몸을 웅크리고 엎드려서 가만히 쪼그리고 있었다. 주위에 있던 노인들이 모두 구덩이로 들어간 뒤에도 홀로 엎드려 있었다. 구걸하듯이, 자비를 요청하듯이, 두 손바닥을 포개어 위로 향하도록 올려두고서. 군인 하나가 이장의 아내에게 다가가 발로 차서 그를 뒤집으려고 했다. 그 몸이 뒤집어졌다. 엎드려 있던 몸의 앞쪽은 사람의 모습이 아니라, 압축된 넝쿨 덩어리였다. 넝쿨이 쏟아져 사방으로 뻗어 갔다. 넝쿨은 이장의 아내를 발로 찬 군인의 목과 허리를 움켜쥐고 다시 제 안으로 들어갔다. 이장의 아내는 다시 웅크리고 엎드린 모양으로 돌아갔다. 파란 하늘과 그 아래 바위처럼 둥글게 숙인 이장의 아내의 등과, 그이의 내민 두 손바닥, 그리고 근처에 뿌려진 군인의 피.

쩝　　쩝　쩝.

이장의 아내의 등 안쪽에서 뭔가를 씹는 소리가 났다.

군인들이 이장의 아내에게 거리를 두고 둘러싸서 사격을 개시했다. 이장의 아내의 옷이 총탄에 불타올랐다. 그러나 마르고 늙은 나체가 드러날 뿐 그이는 아무런 상처를 입지 않았고, 꼼짝도 하지 않았다.

군인들의 감시가 느슨해진 틈을 타, 구덩이에 들어가 있던 마을 사람들이 기어 나오려고 발버둥을 쳤다. 무릎을 꿇고 앉아서 제 차례를 기다리던 사람들이 일어나 달아났다. 군인들은 이장의 아내를 놓아두고 달아나는 사람들의 등을 향해 총을 쏘았다. 마을 전체에 총소리가 요란하게 울렸다. 마을 사람들은 달아나거나 발버둥 치다가 총에 맞아 죽었다. 군인들은 그 시체들을 하나씩 구덩이 속으로 던져 넣었다. 총을 맞은 시체들이 구덩이를 메웠다. 총소리가 멎은 광장은 고요했다. 움직이는 것은 시체 사이로 분주하게 오가는 군인들뿐이었다.

죽은 마을 사람들의 입과 눈에서 싹이 텄다. 그 싹은 금방 줄기로 자라나 꿈틀거렸다. 군인들은 예상했다는 듯 구덩이 속 시체 더미에 기름을 붓고 불을 붙였다.

"더러운 새모이 놈들, 한 놈도 빠짐없이 전부 바이라마야. 덩굴을 더 뿜기 전에 어서 치워."

정부군 우두머리가 지시했다.

줄기가 우그러지며 불에 타들어갔다. 불에 탄 줄

기는 더 이상 자라지 않았다. 군인들은 이제 이장의 아내의 등에 집중사격했다. 이장의 아내의 몸이 폭발했다. 그 작은 몸속 어디에 그토록 많은 나무의 줄기와 덩굴이 있었는지 하늘을 메울 듯이 공중으로 솟구쳐 올랐다. 그리고 마치 허공이 쪼개진 것처럼 공중에서 식물의 뿌리가 쏟아져 내렸다. 폭우가 쏟아지듯이 뿌리는 마을 사람들의 시체 위로 떨어져 내렸다. 시체에서 자라난 줄기가 순식간에 길어져 허공에서 떨어진 뿌리를 타고 올라갔다. 그리고 시체는 다시 살아났다. 찢기고 상처 난 피부 대신 단단한 수피에 둘러싸인 시체들은 불탄 옷 아래에 나체를 드러냈다. 여자들의 몸과 남자들의 몸은 서로 엉켜서 구분할 수 없었다. 그들 모두는 더 이상 분리된 인간이 아니라, 꼬이고 꼬인 거대한 덤불의 일부였다. 인간의 살아 있는 시체로 이루어진 거대한 덤불이 하늘을 향해 점점 자라났다. 불붙은 덤불 줄기조차도 허공으로 거침없이 올라갔다. 줄기에서 불꽃이 사방으로 튀었으나, 뿌리와 줄기에는 더 이상 불이 붙지 않았다. 기름 위로 불이 번지듯, 불은 뿌리와 줄기 위로 미끄러지듯 번져갔다. 이제 불길은 군인들을 덮쳤다. 몇몇 군인들이 불꽃에 휩싸였다. 끔찍한 비명 소리가 울려 퍼졌다.

"불에 탄다고 했잖아. 왜 타지 않는 거야?"

"또 변종이다. 신형 돌연변이야!"

마을 광장의 군인들이 물러나기 시작했지만, 뿌리와 줄기는 그들을 따라잡았다. 덤불이 그들의 몸을 휘감았다.

◆

초록빛 가루는 유나와 셋째 위로 두껍게 쌓였다. 창 너머 마을 위로도 초록빛 가루가 내려앉고 있었다. 마을 광장에서는 덤불이 마을의 건물을 무너트리며 무섭게 자라났다. 그것은 유나는 일찍이 본 적 없는 크기의 무엇이었다. 그것은 줄기와 뿌리, 사람들의 시체로 이루어진 거대한 나무였다. 수많은 촉수를 가진 동물 같기도 했다. 그것이 군인들을 휘감아서 제 안으로 삼키면서 갈수록 커졌다. 그것은 제 앞에 있는 모든 집과 거리를 다 부수고 무너트리며 앞으로, 앞으로 나아갔다.

술집 안에 있는 군인들의 시체도 더 이상 줄기와 구분되지 않았다. 달콤한 풀냄새와 피비린내가 참을 수 없이 진하게 났다. 군인들의 사체에서 초록빛 발광성 가루가 피어올라 방의 공기를 메웠다.

유나 속에서 낯선 기억이 좀 더 되살아났다.

정부군은 마을 사람들을 모두 학살했지만, 바이라마에게 승리할 수는 없었다. 그들 자신조차 바이라마가 되었기 때문이다. 그러나 자매들도 승리할 수 없었다. 전쟁의 결말은 자매들에게도 유예된 종말이었다. 그들은 자신들이 자매임을 잊었다.

자매들의 고향인 머나먼 행성에서 자매들은 번식 시기가 오면 숙주를 끌고 합체해서 모체(母體)를 이루었다. 모체는 지구의 나무를 닮았다. 벚나무는 봄이면 싹을 틔워 벚꽃을 피운다. 그 벚꽃은 봄이 가면 땅으로 떨어지지만, 꽃이 떨어진 뒤에도 벚나무는 남아서 다음 해 다시 꽃을 피우며 살아간다. 자매와 숙주는 각자의 기억을 잃고 모체 속으로 흡수되었고, 그 뒤에 모체가 꽃을 피워 번식함으로써 다시 수많은 자매로 흩어졌다.

그러나 지구 생명체와 동화된 자매들은 자신이 자매라는 사실을 잊었다. 그들은 숙주인 지구 생명체를 거느리고 모체로 합체했지만, 그 뒤에도 자신이 지구 생명체인 숙주라고 믿었다. 지구 생명체로 아파하고 욕망하며 생을 위해 투쟁한 역사는 잊히지 않았다. 숙주가 학살된 경우에는 그 슬픔과 분노가 더욱 잊히지 않았다. 그런 자매와 숙주로 이루어진 모체는 꽃을 피우지 못했고 그저 말라 죽어갔다.

모체는 숙주의 생을 되씹으면서, 그것이 삶이라고 믿는 기묘한 꿈을 꾸고 또 꾸었다. 새모이마을의 학살은 모체의 꿈속에서 끝없이 반복되었다. 결국 모체들은 서로를 적이라고 믿으면서 싸웠다.

이제 새모이마을의 모체는 마을의 건물들을 모두 무너트렸다. 모체는 남아 있는 벽과 지붕마저 꿰뚫고 자라났다. 모체 외에 살아 있는 것은 유나와 셋째 밖에 없었다. 모체에서 들려오는 웅웅거리는 소리를 빼면, 세계는 고요했다.

"수원, 수원에서도 이렇게 됐구나. 모체들이 서로 싸웠구나."

"그래. 수원의 모체는 살해되었어, 다른 모체에게. 이대로라면 모체들은 계속 서로 죽이고 죽이겠지. 어느 곳에서나 다 똑같아. 이제 모체들은 서로 살해하려고 해. 서로 원수라고 믿거든. 하지만 지구에 원래 지구 생명체들은 어디에도 없어. 원래의 자매들도 없고. 모두가 다 자매이면서 지구 생명체지. 모든 곳이 다 그들의 땅이야.

이제 곧 다시 꿈이 시작될 거야. 모두가 기억을 잃고 학살 전으로 돌아가서 다시 깨어나. 그러고선 또 똑같은 생을 살게 돼. 마지막에는 다시 정부군이 들어와서 모두를 죽이고 그들도 죽을 거야. 이대로라면 지구 생명체도 자매들도 모두 끝이겠지. 지구는 말라가는 모체들로 가득한 사막이 될 거야."

모든 것을 파괴한 모체가 이제 셋째와 유나의 주

변으로 자라났다. 모체의 굵은 줄기에서 덤불이 갈라져 나와 셋째의 목과 팔을 휘감았다. 셋째가 팔을 펼치자, 다른 줄기에서 자라난 덤불이 셋째의 몸을 휘감은 덤불을 떼어내려 들었다. 덤불은 서로의 목을 조르는 두 마리 뱀처럼 엉켜서 싸웠다. 점점 더 많은 덤불이 셋째 쪽으로 몰려와 셋째를 공격하는 쪽과 셋째를 지키려는 쪽으로 편을 나눠 싸웠다.

"자매, 이제 모체는 우리도 잠들기를 바라. 모체는 다시 살아나고 싶어 하는 새모이마을 인간과 생명 들이거든. 하지만 지금이 바로 새모이마을에서 탈출할 때야. 지금이라면 다른 자매들도 자기가 자매라는 것을 기억해낼 수 있어. 네가 모체를 깨워야해. 너는…."

셋째가 계속 말했지만, 그 목소리는 작아져갔다. 유나는 셋째의 목소리가 멀어지는 것이 견딜 수 없이 안타까웠다. 덤불이 유나의 몸을 휘감았다. 유나는 모체의 덤불에 둘러싸여 아무것도 볼 수 없었다. 덤불을 통해 모체의 박동이 유나의 몸으로 흘러들어왔다. 그 속에서 유나는 셋째의 심장박동을 느꼈다. 덤불은 적대적이지 않았다. 어딘가에 엄마도, 미라도, 형식도 있었다. 덤불에 감싸이는 것은 피로한 저녁 침대에 누웠을 때처럼 편안했다. 두려움이 사라져갔다. 졸음이 몰려왔다. 이제 다시 깨어나면, 그때는 또 새모이마을의 침대 위일 것이다. 또 한 번의 생이 죽음보다 나쁠까? 생이 아니라 꿈이라고 해도, 한 번 더 꿈을 꾸는 편이 나을 것이다. 몇 번인가 더 맛있는 것을 먹을 것이다. 고소한 맛과 달콤한 맛, 짜고 쓴 맛들. 혀에 피가 나고, 뭔가 알 수 없는 것이 자꾸 아프고 고통스럽다. 그러다가 시원한 바람이 불어오고 느닷없이 기분이 좋다. 포옹의 감촉과 부드러운 옷의 촉감, 그리고 또 코를 찌르는 불쾌한 냄새, 머리를 얻어맞은 둔탁한 아픔. 분해서 주먹을 꼭 쥐고 울면서 잠들었던 밤. 아프고 속상해서 비명을 질렀던 순간. 깨어났을 때부터 가슴이 먹먹했던 아침.

이번에야말로 육천 원을 모아 마을을 벗어나야지. 육천 원? 바이라마를 잡는다면 그까짓 육천 원쯤이야. 그러나 나는 또 할 수 없을 것만 같다. 또 개를 만나 개가 죽는 것을 보고, 초록빛 모자를 쓴 여자가 도착하는 것을 보고, 몇 번이나, 몇 번인가 더. 그 모든 기억이 또다시 재생되기를 기다리면서 뭉글뭉글 구름처럼 몰려와, 구름이 움트고 있는 하늘은 마냥 푸르기만 해서….

유나는 잠들지 못했다. *조금 아쉬운가?* 혼자 고개를 끄덕이면서 숨을 깊이 들이마셨다. 허리 뒤를 더듬자, 아직 칼이 걸려 있었다. 유나는 칼을 빼 들었다. 칼날이 씽 하고 혼자 울었다. 누군가의 웃음소리가 들린 것도 같았다. 칼에 닿은 덤불이 우두둑 소리를 내며 부서졌다. 유나는 제 몸을 앞으로 힘껏 내던졌다. 마치 덤불은 처음부터 없었던 것처럼, 유나는 허공 속으로 내팽개쳐졌다. 유나는 칼을 들고 앞으로 뛰어나갔다. 유나가 달려간 뒤로 덤불이 쪼개지며 흩어졌다.

유나는 계속 달렸다. 마침내 유나는 새까만 어둠 너머로 흰 빛을 뿜는 광원 앞에 이르렀다. 그 광원을 중심으로 점점이 빛이 뿌려졌다. 유나는 광원 속으로 손을 내밀었다. 광원 안에 들어간 손은 더 이상 손이 아니었다. 무수하게 진동하는 에너지일 뿐이었다. 유나는 그 빛 속에서 따스함을 느꼈다. 그것은 셋째의 애정이면서, 모든 자매의 애정이기도 했다. 그것은 새모이마을 사람들과 쥐들, 바퀴벌레와 벼룩들, 그리고 이름도 모를 수 없이 많은 다른 생명들의 애정이었다. 기대하는 바도, 남아 있는 형태도 사연도 없는 따뜻한 애정, 킬킬거리는 웃음소리와 눈물 자국들, 혈관 속에 흘러가는 기억들이 있었다. 모두의 기억이었다. 유나는 한 걸음 더 광원 속으로 들어갔다. 유나는 자신의 마음이 흩어져가는 것을 느꼈다. 바다에 선 강물처럼, 한 방울 물방울 옆에 선 또 다른 물방울 한 방울처럼. 유나는 두려움 없이 빛 속으로 들어갔다.

지구를 뒤덮은 모체의 숲 위로 황금빛 햇살이 쏟아지고, 모체들은 대지 위에 그림자로 무늬를 만들었다. 바다에는 투명한 초록빛 바닷물이 흘렀다. 바람에 새로 난 잎과 가지가 나부꼈다. 모체의 돌돌 말린 잎들이 펼쳐졌다. 오렌지빛을 머금은 붉은 꽃잎이 천천히 한 장씩 펼쳐졌다. 꽃잎이 부르르 떨었다. 꽃잎 속에서 술들이 자라나 서로를 안았다.

자매들의 노랫소리가 들렸다. 새로운 자매들이 도착했다.

이 이야기를 펼친 모든 손에 축복 있으라, 괴물들이 노래한다

컵라면에 물을 부었다. 옆에서 개가 낑낑거렸다. 밖에 나가 오줌을 싸고 싶다는 뜻이다. 귀찮아 죽겠다. 하지만 어쩔 수 없다. 문을 열어 개를 밖에 나가게 해줬다. 개는 엉금엉금 기다시피 느리게 밖으로 나갔다. 개는 눈이 하얀데도 앞을 잘만 본다. 개는 오줌을 누고 가게 안으로 돌아왔다. 개가 느리게 걷지만, 힘껏 걷고 있다는 걸 이제는 알겠다. 할머니가 데리고 다니던 개가 가게 앞으로 와서 할머니를 찾는 게 성가셔서 가게 안으로 들어오게 해줬더니, 가게 안에 자리를 잡아버렸다. 퇴근할 때는 혼자 가게에 있다가 똥오줌을 싸면 안 될 것 같아서 집에 데리고 갔더니, 가족들이 오히려 개를 반기는 눈치라 그냥 키우게 되어버렸다. 개는 그렇게 눌러앉았다. 석

달 전 일이다.

그리고 개가 호객을 했다. 할머니와 개를 기억하는 사람들이 많았다. 어쩐 일인지 그 개가 여기 있다는 것이 소문이 났고, 개가 잘 있나 궁금해서 가게에 오는 사람들이 생겼다. 다들 뭔가를 사주려고 한다. 나는 동네 사람들이 입을 만한 옷을 갖다놓기 시작했다. 사람들은 물건을 주기도 한다. 한 아가씨가 자신은 필요 없는데 가게에 어울릴 것 같다며 아주 크고 화려한 앤티크 거울을 줬다. 그 거울이 오자, 나는 거울을 보는 게 좀 재밌어져서 혼자 이런저런 옷을 입어보게 됐다. 요즘은 내가 입을 수 있는 큰 치수 옷을 갖다놓는다. 오늘은 벨벳 원피스를 입고 스타킹을 신고 힐을 신었다. 그러면 내 키는 거의 180센티미터가 된다. 화장도 더 진하게 한다. 거울 속 내 모습은 괴물 마녀 같다. 거울 성에 사는 괴물 마녀와 요괴 개, 우리들의 가게. 손님이 조금씩 늘었고, 옷을 안 사면서도 개를 보고 간식을 주려고 오는 사람들이 생겨서, 가게는 요즘 한 번씩 북적거린다. 늘 그런 것은 아니지만. 공사 일을 하는 아저씨가 가게 앞에 놓으라고 시멘트를 채워 엄청나게 무거운 페인트통을 몇 개 갖다줬다. 덕분에 옆집 고깃집 손님과 사장은 이제 내 가게 앞에 차를 대지 못한다. 고소하다.

개는 쇼윈도 너머를 유심히 살핀다. 할머니가 오는지 기다리는 모양이다.

누군가가 가게 바깥에서 쇼윈도에 얼굴을 가까이 대고 가게 안쪽을 들여다본다. 초록빛 모자를 쓴 흑인 여자다. 나는 귀신을 본 줄 알고 소리를 지를 뻔한다. 헛것을 본 줄 알았지만, 잠시 후 문을 딸랑거리며 여자가 안으로 들어온다. 키가 아주 큰 여자다. 매끄럽게 빛나는 우아한 원피스가 몸을 타고 흐른다.

"안녕하세요?"

여자는 한국말로 인사한다. 거의 완벽한 발음이다. 나는 트랜스젠더인 사람일지도 모르겠다고 생각한다. 여자는 빙긋 웃으며 가게를 둘러보더니, 옷을 한 벌 한 벌 꼼꼼히 살핀다. 한참 뒤 반짝이는 초록색 스팽글이 달린 뷔스티에를 고른다. 여자는 자신의 몸에 그 옷을 대고 거울을 보더니 웃음을 터트리며 나를 돌아본다.

"잘 어울리시네요."

여자는 가게 이곳저곳을 유심히 살핀다. 나는 가게의 너저분한 구석이 신경 쓰인다. 이상한 여자다. 여자는 다시 등을 돌리고, 이번에는 치마와 바지를 고른다. 여자가 커다란 조각천들을 모아 만든 듯한 긴 주름치마를 찾았다. 여자에게는 종아리까지밖에 안 내려오지만, 그 옷도 제법 잘 어울린다. 여자는 이번에는 좀 더 신중하게 이리저리 돌려가며 거울을 본다. 그리고 그 두 벌을 모두 계산하겠다고 한다. 나는 옷들을 계산한다. 여자는 계산을 마친 후에도 가지 않고 옷들을 구경한다. 컵라면이 퉁퉁 붇고 있을 게 틀림없다. 나는 이제 그만 여자가 가줬으면 좋겠다는 생각이 슬금슬금 들기 시작한다.

"가게 옷이 예쁘네요."

하지만 여자는 나가지 않고 나를 향해 서서 말한다.

"고맙습니다. 한국에는 여행 왔어요?"

"친구의 친구를 만나러 왔어요."

"친구가 한국인이에요?"

"네. 한국말도 친구한테 배웠어요."

여자가 희미하게 웃는다. 슬프고 무언가 그리워 하는 듯한 얼굴이다. 나는 여자의 친구가 죽었거나 아픈 모양이라고 생각한다.

"피비."

"네?"

"내 친구는 피비예요."

"네…."

여자는 계속 나를 마주 보고 서 있다. 여자가 내 얼굴을 빤히 본다.

"피비는 예전에 완규였어요."

"아…."

나는 비틀거린다. 여자는 내 얼굴을 물끄러미 바라보며 말한다.

"피비는 죽었어요."

나는 이제 여자의 목소리가 잘 들리지 않는다. 그

러나 아주 먼 곳에서 들리는 것처럼 이야기는 계속
된다.

"피비는 넉 달 전 성소수자 혐오 총기 난사 사건
으로 사망했어요. 현장에서 즉사했어요. 피비는 아
프지 않았을 거라고 검시관이 그랬어요.

알고 있었나요? 피비는 고등학생 때 석희 씨를 아
주 좋아했어요. 석희 씨를 못 보게 된 뒤에도 많이
그리워했어요. 하지만 고등학생 때 피비는 남자 몸
으로 누군가와 연애를 할 수 없었어요. 그래서 석희
씨와 함께할 수 없었던 것에 대해 아주 오랫동안 슬
퍼했어요. 하지만 석희 씨가 완규라는 소년을 좋아
했기 때문에, 피비인 자신을 좋아할 수 없었을 거라
고 했어요.

하지만 피비는 언제나 석희 씨를 그리워했어요.
그리고 다시 만날 날을 기다렸어요. 아마도 피비가
죽지 않았다면, 언젠가 피비가 왔을 거예요.

저는 피비와 삼 년 동안 사귀었어요. 저도 트랜스
여성이에요. 우리는 트랜스젠더 모임에서 만났고,

179

금방 친해졌어요. 행운이었어요. 우리는 둘 다 가족일로 고생을 많이 했기 때문에, 따뜻한 가족을 만들기를 원했어요. 하지만 트랜스여성이면서 레즈비언인 우리가 가족을 만드는 게 얼마나 어려운 일인지 둘 다 잘 알고 있었어요. 그래서 우리는 서로를 만났을 때 정말 열렬히 기뻤어요. 둘 다 정원 일을 좋아하고, 정원을 같이 가꿀 수 있는 사람과 시골에서 살고 싶다는 꿈까지 같아서, 믿기지 않는 행운이라고 생각했어요.

우리는 시골집을 빌려서 정원을 가꿨어요. 피비는 뭐든지 키우는 걸 좋아했어요. 내가 처음 만났을 때도 유기견을 두 마리 입양해서 키우고 있었고, 우리가 같이 살기 시작한 뒤로 한 마리 더 입양했죠. 우리는 결혼하면 아이를 입양하자고 했어요. 피비는 아주 섬세하고 실력 있는 미용사였어요. 하지만 중간에 그만뒀던 학업에 아쉬움이 있어서, 나중에 대학에 가고 싶어 했어요. 나무의 철학을 연구하고 싶다고 했죠. 피비는 남자와 여자로만 성별을 나누고 그것으로 사람을 재단하지 않는, 뭔가 다른 윤리를 찾고 싶어 했어요. 그리고 그것이 텅 빈 우주로 떨어지는 추상적인 게 아니라, 살아 있는 몸들에 기반한 윤리이기를, 살아 있는 경험에 대한 것이기를 바랐어요. 피비는 나무를 보면 그게 뭔지 알 것 같다고 했어요. 그래요, 피비는 좋은 연구를 했을 거예요. 언제나 열심히 관찰하고 깊이 생각했으니까요. 그래서 피비가 해준 머리는 항상 우아하고 잘 어울렸어요."

여자는 내게 사진을 한 장 보여준다. 방치된 것 같은 정원에 너와 이 여자, 그리고 커다란 개들이 함께 앉아 있는 사진이다. 너는 머리가 산뜻하게 짧고, 눈가에는 주름이 있고, 아주 활짝 웃고 있다. 멜빵이 달린 치마를 입고 있다. 얼핏 보면, 소년 같기도 하다. 너는 그런 여자였다. 머리에는 지금 여자가 쓰고 있는 초록빛 모자를 쓰고 있다.

"초록빛 모자를 쓴 여자…."
내가 중얼거리자, 여자가 미소 짓는다.

"그 이야기를 알고 있군요. 이 모자는 피비가 직접 뜬 거예요. 피비는 항상 이 모자를 쓰고 다녔어요. 우리가 처음 만났을 때도 피비는 이 모자를 쓰고 있었어요. 피비는 초록빛 모자를 쓴 여자 이야기를 쓸 때 한국에서 성매매를 하고 있었어요. 그건 아주 힘들고 고통스러운 경험이었다고 했어요. 하고 싶지 않았지만, 어쩔 수가 없었어요. 호르몬 치료를 받고 있던 피비는 외모는 여성이었고, 주민등록상으로는 남성이었어요. 돈이 급했는데 제대로 된 일을 찾을 수 없었죠. 잠시 일을 한다고 해도 성희롱과 폭력에 금세 노출됐어요. 하지만 수술을 안 하면 성별을 정정하기가 너무너무 어려웠어요. 하지만 당시 피비는 의료보험도 안 되는 수술비를 도저히 마련할 방법이 없었어요. 피비는 가족에게서 경제적 지원은커녕 위협을 받았어요. 아주 위험한 수준이었어요. 피비는 결국 성매매를 해야 했어요. 피비는 한국이 자신에게 성매매를 시킨 거나 마찬가지라고 했어요. 피비는 그것에 대해 아주 오래 분노했어요. 그때는 아주 냉소적이었고, 세상에 대한 분노가 가득했다고 했어요.

하지만 피비는 자신이 그럴 때조차 인간을 혐오하지 않았다는 걸 자랑스러워했어요. 피비는 항상 자부심을 품고 살았어요. 스스로 선택한 인생을 살았고, 많이 고통받았지만 아직도 사람을 좋아한다고, 그 사실이 무엇보다 자랑스럽다고 자주 말했어요. 사실 동물과 식물을 더 좋아했지만요. 피비는 아이들도 아주 좋아했어요. 아이를 갖고 싶어 했어요. 급히 수술하느라 그 문제를 천천히 생각하지 못했던 걸 안타까워했어요."

여자는 나에게 내가 아주 잘 아는 푸른 표지의 노트를 내민다. 노트 갈피에 마른 풀 몇 가닥이 끼워져 있다. 노트는 초록빛으로 풀물이 들었다. 너의 정원에서 온 풀이라고 한다. 노트에서 싸한 냄새가 난다. 개가 또 밖에 나가겠다고 바닥을 긁는다. 할머니의 목소리가 들리는 것 같다.

"가지 마라. 가지 마라."

"피비는 늘 한국에 돌아갈 것이라고 했어요. 자신은 아주 운이 좋아서 떠날 수 있었지만, 떠날 수 없었던 사람들을 위해서 언젠가 돌아갈 거라고 했어요. 피비는 돌아가면 당신도 꼭 만날 거라고 했죠. 당신이 고통스러운 걸 알았어요. 하지만 피비는 그때 당신을 데리러 갈 수 없었어요. 그래서 피비는 언젠가 당신에게 찾아갈 거라고 했어요."

여자가 도전적인 눈으로 나를 본다. 나는 괜스레 내가 여자의 애인과 바람이라도 피운 양 눈을 피한다. 여자는 그것이 마음이 들었는지 의기양양한 목소리로 말을 이어간다. 그러면서 또 한 장의 사진을 보여준다.

네가 먼 곳을 보고 있는 사진이다.

"마지막에도 피비는 아주 먼 곳을 바라보고 있었어요. 나는 피비가 봤던 것이 무엇일까, 자주 생각해요. 바이라마, 자매들이 돌아오는 모습을 보고 있었을까요. 피비는 자매들을 믿었어요. 우리가 서로에게 셋째라고 했죠. 우리는 모두 반란의 씨를 품고 있는 존재들이고, 서로에게 구원자니까요. 나에 대한 사랑을 품고, 나를 찾아올 너니까요."

그 말을 마치고 여자도 눈을 들어 먼 곳을 바라본다. 나는 감히 그곳을 바라볼 수 없다. 그곳에 네가 있을까 봐. 아니, 네가 없을까 봐.

"이제 얘기를 다 전한 것 같네요. 이만 갈게요."

내가 정신을 차리기도 전에, 여자는 가게를 나선다. 내가 가게 밖으로 허겁지겁 나갔을 때 초록빛 모자를 쓴 여자는 이미 저 멀리에서 연기처럼 가물거리며 사라지고 있었다. 여자는 마치 내가 보는 것을 알아차린 듯 뒤를 돌아보더니 손을 흔든다.

푸른 노트에는 손으로 눌러쓴 〈초록빛 모자를 쓴 여자〉가 쓰여 있다.

그 앞에는 내가 보지 못한 글이 한 페이지 더 있었다.

◆

어렸을 때부터 아이들은 나를 여자 같다고 놀렸다. 나는 말하고 싶었다. *여자 같은 게 아니라, 여자야.* 하지만 말할 수 없었다. 그냥 웃어넘겨야 했다. 상처받았다는 걸 절대 들켜서는 안 된다. 들키면 끝장이다.

내가 잘못한 것도 아닌데. 나는 잘못된 것도 없는데. 그렇기 때문에 숨겨야 한다. 내가 잘못해서 선생님께 혼이 났다면, 그건 괜찮다. 하지만 잘못한 것도 없는데 맞았다면, 그건 부끄러운 일이다.

잘못한 게 없지만 내 안에 잘못된 게 있다는 뜻이기 때문이다.

잘못한 게 없어서 더 부끄러운 일이 되는 이유를 설명할 수는 없다. 그렇지만 그건 사실이다. 누구나 알고 있다. 차라리 내가 잘못했다면 괜찮다. 내가 약한 애를 때리고, 그 애의 것을 훔치고, 거짓말을 했다면, 다 괜찮다. 나는 혼날 것이고 용서받을 것이다.

하지만 잘못한 것이 없다면 어떨까.

선생도 부모도 사회도 종교도 지은 적이 없는 죄를 용서할 수 없고, 응징할 수도 없다.

우리는 그저 쫓겨날 수 있을 뿐이다.

괴물의 세계로.

그래서 우리는 건너간다.

사막을 건너가

모래가 잔뜩 붙은 더러운 얼굴

꼬질꼬질해

주먹을 꼭 쥐고 아랫입술을 깨문, 입술이 깨진, 어른 소녀, 주먹을 쥐고 입안이 까끌하다, 까 끌하다, 까 끌하다, 아주 먼 길, 먼 길로 온 거 같아 그러나 갈 길이 더 멀다, 주먹 쥐고 일어나

아무리 침을 뱉어도, 침 안에는 모래가 섞여 있다.

그래서 우리가 이야기를 하는 것이다.

나를 달로 날아가게 해줘, 나를 다른 세계로 가게 해줘, 그곳은 네가 있는 세계지.

네 사랑이 있는 곳은 다른 우주니까.

이 이야기를 펼친 모든 손에 축복 있으라.

이 이야기를 보는 모든 눈에 축복 있으라.

괴물들이 외쳤다.

괴물들이 노래한다.

괴물들은 이 우주의 좆 같은 신들이 아니다.

옛날에 너는 말했지.

어른이 되면 네가 자유로울 수 있는 세계를 찾아, 세계들의 사이를 여행할 거라고.

나는 그 말을 믿는다.

너는 사라졌어. 내가 아는 것은 그것뿐이다. 다른 것은 아무것도 믿지 않으려고 한다. 너는 그저 너에게 어울리지 않는 이 세계에서 몸을 감췄다. 마음도 감췄다. 나는 그것만 알고 있다. 잠시 달이 구름에 가려 보이지 않는 것처럼 너는 가려졌다. 너는 마법을 부린 것뿐이다. 존재를 사라지게 하는 마법. 너는 돌아올 것이다.

밖에서 바람이 분다. 시멘트에 깔린 풀들이 나지

막하게 으르렁거리는 소리가 바람을 타고 들려온다. 저들은 복수를 꿈꾸고 있다. 그리고 다른 세계에서 그 꿈들은 이루어질 것이다.

언젠가 다른 세계에서 너는 행복할 수 있을 것이다. 나는 초록빛 모자를 쓰고 그 세계로 너를 찾아갈 것이다.

아직 핵전쟁은 일어나지 않았고, 한 여자가 초록빛 모자를 쓰고 인산에 와. 나는 그 여자의 정체를 모른다. 그 여자가 자신의 정체를 숨기고 있으니까.

나는 스물아홉 살이고 인산의 작은 옷 가게에서 옷을 접고 있어. 아니, 나는 여든 살이고 눈멀어가는 개를 벗 삼아 사는 노인이다.

아니, 나는 초록빛 모자를 쓰고 너에게 갔다. 너는 정체를 숨기고 사는 열아홉 살 고등학생이다. 아니, 너는 스무 살, 가족을 뒤로하고 집을 나선다. 아니, 너는 스물세 살 트랜스젠더인 사람, 트랜스젠더 바에서 일하고 있다. 너는 당차고 어여쁘고… 학대당

하지만 너를 괴롭히는 사람들보다 더 씩씩하고 더 강인하고 더 선하다.

초록빛 모자를 쓴 여자는 알고 보면 바이라마다. 그것이 너이든 나이든 그 사실은 변하지 않는다.

나는(너는) 초록빛 모자를 쓰고 네게로(내게로) 간다(온다). 우리는 뒷산에 함께 올라간다. 지나가던 눈이 멀어가는 늙은 개 한 마리가 우리를 따라온다. 뒷산에는 깨진 유리병과 텃밭이 있고, 저 먼 동네까지 내다보인다. 목욕탕, 유치원, 편의점, 교회, 절, 가난의 흔적이 밴 크고 작은 집들. 낡은 슬레이트 지붕 아래로 사람들이 걸어 다닌다.

"하지만 아이들과 개들은 죽지 않고 살아남지."

너는 말하고 나는 고개를 젓는다.

우리는 내내 말싸움을 했지만, 결말은 나지 않았다. 결국 우리는 시간을 멈추고 더, 더 높이 올라간다. 길에는 쓰레기가 많다. 골프 연습장이 있고 개발되지 않은 저층 아파트들이 줄지어 있다. 개는 숲으로 오르는 길을 잘 알고 있다. 개는 컹컹거리며 알아들을 수 없는 방식으로 제 의견을 말한다.

나는 네게 묻는다.

"이제 지구를 멸망시킬까?"

그러면 너는 대답한다.

"어떻게 생각해?"

우리는 깊이 생각에 빠져든다. 어려운 질문이었다.

"배가 고프지 않아? 라면을 먹고 생각할까?"

우리는 배가 고프니 일단 라면을 먹기로 하고, 산을 다시 내려왔다. 개도 함께 내려왔다. 편의점으로 가서 삼각김밥과 컵라면을 먹기로 했다. 지구의 운명은 한 시간 반쯤 더 유예되었다. 지구는 멸망할 듯 말 듯 그러고 있다.

작가의 말

이 이야기를 처음 쓴 시기는 군대가 변희수 하사를 거부하고 트랜스여성인 A 씨의 여대 입학이 좌절되었던 2020년 전후다. 트랜스여성인 지인이 끝내 다른 일을 찾지 못하고 성매매 산업에 유입되는 걸 봤던 때이기도 하다.

인도의 수행 커뮤니티에 실망하고 한국으로 돌아온 지 얼마 안 되었던 시기였다. 나는 한국에 좀처럼 적응하지 못했다. 기존의 인간관계와 경력은 박살이 났고, 몇 푼 안 되던 저금은 허공으로 홀홀 날아가버린 뒤였다. 나는 내가 누구인지, 뭘 해야 할지 도무지 알 수가 없었다. 허우적거리다가 다시 소설을 쓰기 시작했다. 그때 썼던 것 중 하나가 『초록빛 모자를 쓴 여자』의 초고다. 이제까지 발표한 소설

중에서 가장 먼저 쓴 소설이다. 이 이야기를 쓰면서 나는 앞으로도 계속 소설을 쓸 거라고, 그리고 그건 장르소설이 될 거라고 생각했다.

초록빛 모자를 쓴 여자의 이야기를 어떻게 해서든 발표하고 싶었는데, 그러지 못했다. 투고할 때마다 거절받았다. 그럴 때마다 나는 호러, 로맨스, SF, 리얼리즘 소설 등으로 이 이야기의 새로운 버전을 뚝딱뚝딱 써냈고, 또 매번 다시 거절받았다. 그 횟수는 기억도 안 난다. 기억하는 게 의미 없을 만큼 많이 거절받았다. 하지만 나는 언젠가 꼭 이 이야기를 출판할 수 있으리라고 믿었기에, 의연하게 그 시기를 보낼 수 있었다.

라면, 좋았겠다.

사실 나는 거절받을 때마다 극히 상심하고 분노하고 원망하고 우울해했고, 나 자신과 이 소설의 운명에 대해 회의적이다 못해 염세적이 되었다. 그러면서도 『초록빛 모자를 쓴 여자』를 발표하지 못하면, 내 인생이 영원히 꼬일 것 같고 다른 어떤 소설도 쓸 수 없을 것 같다는 강박에 시달렸다.

그래도 새로운 장편소설을 쓰기는 했다. 하지만 그 소설이 출판되자마자 나는 다시 마음먹었다. 『초록빛 모자를 쓴 여자』로 돌아가야겠다고. '출판하기는 어려울지도 모르지만…'이라고 생각하면서. 이 정도면 초록빛 모자를 쓴 저주 아닐까?

고블의 출판 제안으로 『초록빛 모자를 쓴 여자』 프로젝트의 저주에서 (거의) 벗어났지만, 이 소설을 고치면서도 염려했다. 갑자기 고블에 경영난이 닥쳐서 계약이 취소되지는 않을까? 다행히 별일 없었다.

혹시 이 소설이 인쇄되고 나면, 세계가 멸망하는 건 아니겠지?

아니길 빈다.

그렇게 간절히 내놓고 싶었던 그것을 당신 앞에 내놓았다.

자, 여기—

추신: 미국에서는 트랜스젠더 이슈가 극우의 정치적 과녁이 되었다. 혐오팔이는 종잣돈이 필요 없는 쉽고 값싼 장사다. 극우라는 야만이 희생양을 찾아 어슬렁거리는 이 더러운 시기, 서로를 희생양으로 내놓지 않기 위해 우리는 서로를 잘 붙잡고 서로의 안부를 더욱 챙겨야 할 것이다. 더 나은 세계와 윤리를 욕망하며 분투하는 우리 모두를 응원한다.

초고를 몇 번이고 읽어준 똑지와 라산스카, 가희 님, 규락 님, 안진 님, 효정 님의 조언과 격려는 큰 위로이자 기댈 구석이었다. 똑지는 내가 처음 소설을 쓰기 시작했을 때부터 지금까지 한결같이 좋은 조언자다. 그 한결같음에 항상 기대고 있다. 이번에 소설을 수정하면서는 야생의 통찰과 지지에 많은 힘을 받았다.

라산스카의 시, 선애의 희곡과 호빵의 소설을 응원한다. 가온, 로바, 선경 언니, 윤티, 은영, 은주 선생이 나눠준 우정의 순간들에 감사한다. 기태 선생 덕에 어려운 시기를 잘 흘려보냈다. 다른 삶, 다른 세상이 가능하다는 것을 가르쳐준 달라이 라마 존자의 안녕과 건강을 빈다. 고블의 여러 선생들, 처음 만났을 때부터 내 소설에 대한 확신을 보여주었던 이동하 팀장과, 거친 문장을 강물처럼 흘러가게 교열해준 이수연 편집장께 깊이 감사드린다.

어머니가 아팠다. 당신의 낙관주의가 얼마나 강하고 밝게 세상을 물들이는지 이제야 조금 알게 된 것 같다. 공모자인 훈성 덕에 이만큼이라도 제 몫을 하며 살아가고 있다. 숙희와 라몽의 다정함에 항상 고맙다.

먼저 떠난 이들에게는 아무 말도 하지 않겠다.

그들은 다 알고 있을 것이기 때문이다.

우리의 봄에,

자매들에게

머리를 숙이며,

모래

참고 문헌

1) 11쪽의 멸망한 다음에 시멘트가 깨지고 수도관이 폭발하는 등의 과정 묘사는 『인간 없는 세상』(앨런 와이즈먼 저, 이한중 역, 알에이치코리아, 2020)을 참고했다.

2) 「나는 숲의 꿈을 꾸고, 나무에는 괴물들이 영글어간다. 그 괴물들은 이 우주의 좆 같은 신들이 아니다」 장에서 '네'가 식물의 다성성에 대해 이야기하는 내용은 『식물의 사유』(루스 이리가레·마이클 마더 저, 이명호·김지은 역, 알렙, 2020)를 참고했다.

3) 「천국은 영원하지 않다. 그래서 너는 이제 돈은 좀 벌었니?」 장에서 "이 미친 세상에서 사랑하는 사람은 찾았니?"라는 문장은 Carlie Hanson의 노래 〈WYA〉에서 왔다.

4) 「천국은 영원하지 않다. 그래서 너는 이제 돈은 좀 벌었니?」 장에서 "시멘트에 깔린 풀이 울부짖는다"라는 문장은 신현림의 시 「황혼의 지구 병동」에서 왔다.

5) 「이 이야기를 펼친 모든 손에 축복 있으라, 괴물들이 노래한다」 장에서 피비의 식물 연구에 대한 희망은 『나무의 노래』(데이비드 조지 해스컬 저, 노승영 역, 에이도스, 2018)를 참고했다.